Genel Yayın:

TÜRK EDEBİYATI KLASİKLERİ DİZİSİ

HÜSEYİN RAHMİ GÜRPINAR
GULYABANİ

UYARLAMAYA KAYNAK ALINAN ÖZGÜN ESER
KİTABHANE-İ ASKERİ / İBRAHİM HİLMİ, İSTANBUL
1330 [1912]

Sertifika No: 40077

GÖRSEL YÖNETMEN
BİROL BAYRAM

GRAFİK TASARIM UYGULAMA
TÜRKİYE İŞ BANKASI KÜLTÜR YAYINLARI

I. BASIM: ŞUBAT 2019, İSTANBUL
X. BASIM: ŞUBAT 2024, İSTANBUL

ISBN 978-605-295-746-2

BASKI
UMUT KAĞITÇILIK SANAYİ VE TİCARET LTD. ŞTİ.
KERESTECİLER SİTESİ FATİH CADDESİ YÜKSEK SOKAK NO: 11/1 MERTER
GÜNGÖREN İSTANBUL
Tel. (0212) 637 04 11 Faks: (0212) 637 37 03
Sertifika No: 45162

TÜRKİYE İŞ BANKASI KÜLTÜR YAYINLARI
İSTİKLAL CADDESİ, MEŞELİK SOKAK NO: 2/4 BEYOĞLU 34433 İSTANBUL
Tel. (0212) 252 39 91
Faks (0212) 252 39 95
e-posta: info@iskultur.com.tr
www.iskultur.com.tr

GÜNÜMÜZ TÜRKÇESİNE UYARLAYAN: HACER ER

Mimar Sinan Güzel Sanatlar Üniversitesi Türk Dili ve Edebiyatı Bölümü'nden mezun oldu. Osmanlıca matbu ve elyazmaları alanında seminerlere katıldı. Çeşitli yayınevlerinde redaksiyon çalışmaları yaptıktan sonra çevrimyazıya ağırlık vererek Namık Kemal'in *Vatan yahut Silistre* oyununu eski yazıdan aktararak sadeleştirdi; Hüseyin Rahmi Gürpınar'ın *Mürebbiye*, *Efsuncu Baba*, *Şıpsevdi*, *Ben Deli miyim* romanlarını eski harflerden aktardı. Bedri Rahmi Eyüboğlu ve Ahmet Hamdi Tanpınar'ın arşiv çalışmalarında çevrimyazı ekibi içinde yer aldı.

TÜRK EDEBİYATI KLASİKLERİ - 15

Roman

gulyabani

HÜSEYİN RAHMİ GÜRPINAR

Günümüz Türkçesine Uyarlayan: Hacer Er

TÜRKİYE İŞ BANKASI
Kültür Yayınları

Sunuş

Hanımnineden Yazara Mektup

Bey Oğlum!

Romanlarınızı seve seve okuyanlardan biri de benim. Hele bazılarını defalarca okudum. Ve hâlâ da canımın en sıkıntılı zamanlarında okur, size dua ederim. Fakat darılmayınız bir iki şikâyetim var. Meşrutiyetimizden[1] sonra daha güzel, daha eğlenceli eserler okumaya hazırlanırken vaziyet pek umduğum gibi çıkmadı. Düşünme tarzımız değişti. Lisanımız hemen hemen bambaşka bir şey oldu. Alafrangalaştı, inceldi. Bu değişim az çok sizin eserlerinizde de hissedildi. Eski hikâyeleriniz ile yenilerini tasvir, tasavvur ve üslupça mukayese ederseniz bu farkı kabule siz de mecbur olursunuz. Birçoklarınca belki bu bir ilerleme işaretidir. Fakat bu konudaki bazı düşüncelerimi açıklamama müsaade ediniz. Sizin en büyük yetenek ve kudretiniz mahalle karılarını, hele aileler arasındaki çenesi düşük kocakarıları söyletmektedir. Milli ve hakiki bir felsefeyi bütün çıplaklığıyla o satırlarda gösterirsiniz. Serde kocakarılık var, bendeniz de en ziyade o tür tasvirlerinizden hoşlanır ve keyif alırım.

1 Devr-i Hürriyet olarak da bilinen II. Meşrutiyet (1908-1918). Osmanlı Devleti'nde Kanun-ı Esasi'nin yeniden yürürlüğe konduğu, anayasalı ve parlamentolu yönetim dönemi. Bu dönem siyasal ve toplumsal açıdan önemli değişikliklere sahne olmuş, çeşitli reformlar yapılmıştır. En önemlilerinden biri de matbuatta (basın yayında) sansüre son verilmesidir.

Yeni edebiyat ve felsefe vadisine kapılıp kaleminizle cidden lezzet ve letafet bahşettiğiniz size has olan o sırf milli ve samimi zeminlerden pek uzaklaşırsanız edebi şahsiyetinizi kaybetmenizden korkarım. Bu hem sizin hem de bizim için büyük bir kayıptır. Her romanınızda mutlaka benim gibi bir kocakarı bulup söyletmenizi bir yazma şartı hükmünde koymak da istemiyorum. Lakin kendinize has zeminlerden pek uzaklaşmamak daima en büyük sanat endişeniz olmalıdır. Bu zeminleri siz herkesten iyi bilir ve tayin edersiniz.

Beni vaktiyle okuttular, biraz mürekkep yalattılar. Her eserinizden az çok keyif alırım. Fakat benim bir merakım vardır: Sevdiğim hikâyeleri kendi kendime okumam, yaşıtım birkaç hanımnineyi etrafıma toplayarak yüksek sesle onlara okurum. Romanın onların saf idraklerini lezzetlendiren açık, samimi noktalarında bu acuzenin de hazzının sonu olmaz. Fakat bizde maalesef her hanımnine, Schopenhauer'un dünyayı siyah gözlükle gösteren bıktırıcı felsefesinin aksettiği satırlardan anlam çıkarabilecek bir zihin terbiyesine sahip değildir. İşte sizden bu okuma yazma bilmeyen hanımninelerin sohbet meclislerinde okunacak, yani bu tandır küllerini neşelendirecek bir hikâye yazmanızı rica ediyorum. Tefekkür kabiliyetleri gibi eğlenceleri de pek sınırlı olan bu zavallılara edeceğiniz bu hizmetin sevabı büyüktür.

Bu eseriniz romanla masal arasında bir şey olmalıdır. İşte en büyük maharetiniz bu hikâyenizde görülecektir. Çünkü ya masalı şimdiki romanlar sırasına çıkaracak bir sanat gösterecek veyahut değerini ve mahiyetini eksiltmeden romanı masal derecesinde sadeleştireceksiniz. Kaleminizin kudretine güvenerek sizden bu harikayı bekliyoruz. İlmi, fenni ve içtimai zeminlerden kaçacaksınız. Mevzuunuz esrarengiz cin, peri gariplikleri veya bir çarşamba karısı, bir dev, bir gulyabani olacak... Vaka o kadar merak verici bir maharetle tertip edilecek ki biz hayranınız bütün kocakarılar hikâyenin alt tarafı acaba ne çıkacak bekleyişiyle tandır başında titreşeceğiz. Zaten sarsılmış asabımızı bu merakla büsbütün titreteceksiniz. İşte sizden bunu bekliyoruz. Rica bizden, lütuf sizden...

Bâki çok dualar, övgüler evladım...

Okurlarınızdan Bir Hanımnine

Cevap

Muhterem Hanımefendi Hazretleri

Hayranım siz hanımninelerimi memnun etmek için imkânsızı mümkün kılmak cüretine kalkıştım. Fakat bu zor işe teşebbüs ettiğimde çektiğim müşkülatı tarif edemem. Çünkü ömrümde cin, peri görmedim. İnsana çeşit çeşit cilveler gösteren bu hayat, şimdiye kadar beni bir dev, gulyabani, bir çarşamba karısı görme veya onlarla sohbet etme saadetiyle şereflendirmedi. Böyle bir lütuf göstermedi. Talihin bu müsaadesine ulaştıklarını yeminlerle temin eden bazı kimselere tesadüf ettim. Bunlar cin, peri, cadı, hatta gulyabani gördüklerini bütün ciddiyetleriyle iddia ediyorlar. Fakat bu kişilerin samimi ifadelerine rağmen sözlerine inanamadım. İçlerinde yalan söylemeyecekler de var. Bu gibilerin ani bir göz yanılgısına uğramış olduklarını düşünmekte tereddüt etmem. Matbuat özgürlüğünden sonra ispritizmaya ve ruhlarla münasebete dair birçok eser yayımlandı. Tuhaf varlıklara karşı daima rağbet gösteren halk, bu eserlerden bekledikleri gönül şifasına eremediler. Arkadan Nat Pinkerton[1] yetişti. Müthiş işleri pek de peri işinden geri kalmayan Amerikalı bu hayali hafiye üstadından sonra matbuat sahasına bir gulyabani de ben salıverirsem zaten siyaset karmaşasıyla bitap düşen okurların zihnini büsbütün karıştırmış olmaz mıyım?

Hanımefendi Hazretleri, romanlar hakkında beyan buyurduğunuz kısa fakat faydalı düşüncelerin derin bir araştırma mahsulü olduğu görülüyor. Okurlarımın içinde sizin gibi kıymetli hanımların bulunduğunu görmek, bendenizce hakikaten övünç ve mutluluk sebebidir. Tavsiyeniz üzere masalı şimdiki romanlar mertebesine çıkarmaya yahut romanı –mahiyetini koruyarak– masal derecesinde sadeleştirmeye uğ-

1 II. Meşrutiyet Dönemi'nde çok satan polisiye tercümelerden. Dedektif Nat Pinkerton karakteri, ismini ABD'de dedektiflik bürosu açan, meşhur dedektif Allan Pinkerton'dan (1819-1884) almış olmalı.

raştım. Meydana şu eser geldi. Bu hikâyede tuhaflıklara ve doğaüstü olaylara teşne zihinleri memnun edecek cüsse ve heybette bir gulyabani ile bir alay da cin ve peri var. Eserin yazılışında bu acayip ve korkutucu mahlûkatla o kadar meşgul oldum ki bazı akşamlar hane halkı derin uykudayken, gecenin sükûneti içinde bana yazı odamda gürültüler patırtılar oluyor gibi gelirdi. Kendi kendime, "İşte periler geldi! Roman müsveddeleri içinde haklarındaki tariflerimden memnun olmadıkları sayfaları alıp götürüyorlar" derdim. Sabahleyin kalkınca ilk işim büyük bir arzuyla müsveddelerimi saymak olurdu. Bütün kâğıtlarımı numara sırasıyla tamam bulunca "Oh, hele dokunmamışlar!" diye geniş bir nefes alırdım.

Hikâyeme fenni, ilmi, içtimai nazariyeler karıştırmamamı tavsiye ediyorsunuz. Zaten dev, gulyabani, çarşamba karısı gibi avam muhayyilesinin mahsulü garip varlıklar ilim ve fen sınırlarına dahil edilemez. Bunların yakalarından tutup da bir ameliyathaneden, bir laboratuvardan içeri sokmak, bir fizyolojistin, bir kimyagerin, bir operatörün, bir âlimin, fen bilimcinin huzuruna çıkarmak mümkün olsa soyları sopları, asılları fasılları, ıcıkları cıcıkları hakkında kesin malumat edinilir, insanlar arasında leh ve aleyhlerinde dolaşan söylentilere artık bir son verilirdi. İlim, konusunu yeraltına inerek, göklere çıkarak, teleskoplarla, mikroskoplarla her yerde, her zerrede arıyor. Bu tuhaf yaratıkların, bu yabanilerin aslı olsa elbette bunlardan birini çalyaka eder, üzerlerinde mikrobik aşı deneyleri yaptığı tavşanlar, fareler gibi kafese kordu.

Ah Hanımnineciğim! Dürbünlerden, kodak makinelerinden, her türlü bilimsel takipten kaçan gulyabaniyi ben, aciz bir romancı, nerede yakalayıp da olduğu gibi hayret dolu bakışlarınızın önüne koyabileceğim? Bendenize pek müşkül bir vazife yüklüyorsunuz. Fakat güzel hatırınız için işte bu imkânsızlığa saldırıyorum. Şu hikâyemde bu doğaüstü mahlûkatla sizi görüştüreceğim. Diğer ülke romancılarınca rağbet kazanmak için edebi güç kâfi sayılır. Lakin bizde okunmaya mazhar olmak için huddam sahibi[1] olmak gerekiyor.

Ciddi ve âlim insanların tenkit ve tekdir dolu bakışlarını çekmeksizin sizi manevi âlemin kendimce olan sırlarında dolaştırdıktan sonra yine maddi dünyaya döneceğiz. Roman bir gariplikler mecmuası olmakla beraber, medeniyetin yirminci asrının zihinler için tayin ettiği makul sınırlar dahilinde neticelenecek.

Hanımnine affedersiniz, beni çok sıktınız, ama buna da eyvallah. Peki dediğiniz gibi olsun...

Hikâyenin sizi heyecandan titretecek kadar meraklı olmasını istiyorsunuz. Bazı sayfalarda eğer çarpıntının şiddetinden tandır mangalını devirmez veyahut bozayı üstünüze dökmezseniz her türlü tekdirinize razıyım.

Yazarken "iyi saatte olsunlar"[2] rüyama girdiler. Bakalım okuduktan sonra size neler olacak?..

Baki hürmetler.

Hüseyin Rahmi

* * *

Hanımninenin şu mektubu, düşünce ufkuma kendimce gidilmemiş bir hikâye sahası açtı. "Garaip Faturası Külliyatını"[3] oluşturmaya teşvik sebebi oldu. Bu külliyat konusuyla ilgili olacak mevzularda hikâyeler yazılacak.

Fakat "Garaip Faturası" yalnız gulyabani gibi doğaüstü varlıkları temsille sınırlı değildir. Hallerinin garabeti "gul"-lerden[4], cinlerden fazla; bundan dolayı bu fatura [numune] sayılarına girmeye layık pek çok insanoğlu da vardır.

---

1 Kendisine bağlı cin hizmetçileri olan kişiler.

2 Cinler, periler.

3 "Doğaüstü Numuneler Külliyatı" Hüseyin Rahmi'nin yazdığı, halkın boş inançlarını cin, peri, cadı, gulyabani gibi doğaüstü varlıklar üzerinden ele aldığı roman dizisi. İlki *Gulyabani*, ikincisi *Cadı* adlı romanıdır.

4 Gul: Hayalet, hortlak.

I
Muhsine Hanım

Bu saf, muhterem kadın, kınalı saçlarının üzerine kundakladığı çimen yeşili tırtıl oyalı, koyu şarap rengi yemenisiyle, parmak dikişli lacivert lahurakiden[1] geniş hırkasıyla, etrafı kırmızı kaytan çevrili aba mestleriyle hâlâ gözümün önündedir.

Çocukluğumda, o zaman yaşı altmışı geçkindi. Fakat kavisleri ortalarına doğru eğri büğrü olmuş pörsük kaşlarının üzerine rastık şerbeti gezdirmek, gerdanda, yanakta renksiz kalmış eski benlerini tazelemek, kirpiksiz göz kenarlarını sürmeyle gölgelendirmek âdetinde, bu şuhluktan emekliye çıkmış haline rağmen hâlâ kararlıydı. Kocası Hacı Hasan Efendi'ye çekici görünmek hususundaki bu süslenme âdetine takılmaktan kendilerini alamayan komşu hanımlara, "Kardeşler, viran evi gösteren biraz boya, biraz badana, biraz temizlik, derlilik topluluktur," diye karşılık verirdi.

Onun şişman vücuduyla romatizmalı kalçaları üzerinde sendeleye sendeleye "Of!" diyerek, "Bana da yer açın cadalozlar!" şakasıyla tandır başında bir yer alışı vardı. Cuma ve pazartesi kış geceleri, Aksaray'daki evimizde büyük bir boza eğlencesi kurulurdu. Bu akşam eğlencesinin ruhu, en büyük konuşmacısı, en tatlı hikâyecisi Muhsine Hanım'dı. Hepimiz dört gözle gelişini beklerdik. O, kendisine olan bu düşkünlük ve merakımızı bildiğinden, ziyaret saatini kasten geciktirir, en sonra gelir, ondan mahrum kalma endişesiyle

1 Lahuraki: Hindistan Lahor'da dokunan, Lahuri denilen şal kumaşından yapılma.

bir müddet yüreklerimizi oynatırdı. Gelişinden ümidi kesmenin ıstıraplarıyla bizi iyice üzdükten sonra nihayet kapı tokmağı "tak" derdi. Onun kocası Hacı Efendi'nin tek darbeden ibaret bir kapı çalışı vardı. Gelenin onlar olduğunu hepimiz anlar, bütün masal hayranı çoluk çocuk sevinçle merdivenlere karşılamaya koşuşurduk.

Muhsine Hanım avluya girince "Hacı pek gecikme!" tembihiyle kocasını savdıktan sonra, mavi zemin üzerine iri sarı sopalı, ipekleri sağılmış Şam işi eski çarşafının yukarı kısmını omzundan aşığı atar, eteklerine basarak yuvar yuvar yürürdü. Hemen koltuklayıp tandır başındaki saygın mevkiine oturturduk. Artık bütün gözler büyük bir merak ve bekleyişle onun buruşuk dudaklarına dikilirdi.

Masalcı hanım kendini ağırdan satmak için türlü tereddüt ve naz zeminlerinde dolaşarak, "Bu gece bademciklerimde iltihap var. Yutkunamıyorum, halim yok. Bir akşam da siz söyleyiniz, ben dinleyeyim" nazlarından sonra birçok ricaları müteakiben bir bardak boza açılışıyla hikâyeye girişirdi. Bozanın mezesi olan leblebilerini dudaklarının ortasını merkez alarak, alt üst çenelerinden müteşekkil yüzünü buruşturup, bu sabit nokta etrafında dolaştıra dolaştıra, tuhaf yüz ekşitmeleriyle çiğneyerek biraz göz süzüklüğüyle başlardı.

Hikâyenin en heyecanlı yerlerinde, başıyla beraber, kulaklarındaki enseden pamuk ipliğiyle birbirine bağlı iki küçük yaprak arasından sarkmış ufacık armuda benzeyen Mevlevi sikkeli gümüş küpeleri ürpertici bir şekilde titrerdi.

Onun hikâyeleri içinde en meşhuru, en heyecanlısı "gulyabani" vakasıydı. Bu bir masal değil, gerçek bir olay, gençliğinde Muhsine Hanım'ın yaşadığı acayip ve üzücü maceraydı.

Bunu kendisinden dinlediğim gibi hikâye edeceğim. Fakat nakledenin saf ve sade lisanı, olayın bütün nükte ve inceliklerıyle yazıya geçirilmesine müsait olmadığı için lüzum görüldükçe asılda olmayan özel tabirleri kullanmak zorunda kaldığımı söylemeye mecburum.

Yani Muhsine Hanım'dan dinlediğimi kendi hikâye lisanımla yazacağım. Bazı cümlelerin nakleden hanımın saf ağzından çıktığına hayret edecek okurlarımın muhtemel itirazlarına karşı bu kayda lüzum gördüm.

İşte olay...

II
Ağlatıcı Bir Yol

Muhsine Hanım ilk bozayı içip, ikincisinin leblebisiyle beraber çiçekliğin önüne konulmasını söyledikten sonra başladı:

Gençliğimde hoppaca bir kızdım. Fakat Rabbim saklasın, şimdikiler gibi erkeklere ne dirseklerimi açıp gösterdim, ne göğsümü. Dünyayı Konya'yı bilmezdim. Anam babam erken öldü. Fukaralık ayıp değil ya, bana mal mülk olarak tek kuruş bırakmadılar. Genç yaşımda komşu ellerine kaldım. Eş dost gayret etti, cömertlik gösterdi. Herkes halince birer hediye verdi. Eşya düzdüler. Beni tellediler pulladılar, herifin birine verdiler. Kör olası pek sarhoş ve soysuz çıktı. O arı, ben çiçek. O burgu, ben tahta. Rabbimin günü haşlar, canımı yakar. "Yemeğin tuzu çok olmuş!" der, döver. "Mintanımı çarpık biçmişsin!" der, döver. Velhasıl aralıksız üç sene dayağını yedim, kahrını çektim. Artık illallah, canıma tak dedi! Bir gün o evde yokken bohçamı bağlayıp kaçtım. Boşandım, kurtuldum. Bana ettiği yanına kalmadı, kendisi de meyhane peykesinde can verdi gitti.

Taze dul kaldım. İsteyenler çok oldu, fakat kocadan canım yandı. Şimdiki kocam Hacı'yı buluncaya kadar neler çektim neler... Bir müddet kimseye varmadım. Elde yok avuçta yok. Neyle geçineyim?.. Sığındığım el evlerinde insanı kırk yıl isterler mi? Bir kibar konağına hizmetçiliğe gitmeye karar verdim. Öyle bir yer bulundu, gittim. Haftasında beyefendi beni merdiven aralığında sıkıştırdı. Kaçayım diyorum, herif ızbandut gibi kuvvetli, kollarının arasından kurtulamıyorum. Bağırsan çağırsan olmaz. Neyse, helalühoş olmasın, beyefendi benden birkaç öpücük aldı. Ertesi gün oradan tası tarağı toplayıp kaçtım. Yine öyle iki elim böğrümde açıkta kaldım. Bir zaman daha orada burada süründükten sonra, benim küçüklüğümü tanıyan ana dostu bir Ayşe Hanım vardı. Geldi beni buldu. Yüzümü gözümü okşayıp öperek dedi ki:

— Kızım, senin bu yaşta böyle kimsesizliğine, yoksulluğuna yüreğim parçalanıyor. Sana münasip bir yer buldum, gider misin?

— Temiz, ırz ehli bir yer olduktan sonra niçin gitmeyeyim anacığım?..

— Aaa... Irzlarına yerden göğe kadar kefilim. Aylık da gayet dolgun, görülecek çok iş de yok ama...

— Eee, aması ne oluyor?..

— Sana verecek bazı nasihatlerim var. Bunlardan bir harf dışarı çıkmayacaksın!

— Eğer istediğim gibi bir kapı ise vereceğin talimattan dışarı çıkmam. Emin ol.

— Bu gideceğin yerde bir gözünü kör, bir kulağını sağır edeceksin. Göreceğin şeylerin aslını öğrenmek merakına kalkışmayacaksın, sezdiklerini dışarı ifşa etmeyeceksin. Onlar parada pulda değil, güvenilir bir kadın arıyorlar. Dişini sıkar da oturur, kendini onlara beğendirip güvenlerini kazanabilirsen birkaç sene içinde oradan zengin olur çıkarsın. Bir ev alıp başcağızını sokarsın. Bir yurdun olduktan sonra bekâr dikişi diksen geçinip gidersin.

— Ay korkarım! Orası böyle pek esrarlı bir yer mi?

— Bak şimdiden merak etmeye başladın. Nene lazım senin âlemin esrarı...

— Ah anacığım, merak etmemek insanın elinde mi? İnsan mı öldürüyorlar? Hırsızlık mı ediyorlar? Ne yapıyorlar? Orası bir batakhane midir nedir?

— Çılgın! Şimdi ağzına tokadı vururum! Aklına getirdiğin şeylere bak. Ben seni hiç öyle yerlere götürür müyüm?

Bunlar gayet zengin, gayet terbiyeli, gayet asil şeyler. Terbiyeli, dikkatli, ağzı sıkı, aklı başında bir hizmetçi arıyorlar.

— O kadar ağzı sıkı olmaya neden lüzum var?

— Bazı kibar konaklarında içerideki şeylerin dışarıya sızmasını istemezler. Çalçene birtakım mahalle karıları hizmetçiyiz diye oraya buraya gidiyorlar. Aldıklarını bulduklarını rast geldikleri yerde söyleyerek lakırdı tellallığı ediyorlar. Bu dediğim yerde bu türlü çaçaron istemiyorlar. Durum bundan ibaret.

— Bu konak nerede?

— Üsküdar'dan biraz ötede.

— A, demek ki deniz aşırı...

— Acemistan'a[1] gidecek değilsin kızım! Üsküdar nerede?.. Şuracıkta, burnumuzun dibinde. Sana hem yağlı bir kapı bulmalı, hem de semt mi beğendirmeli? Boğaziçi'ne, Bulgurlu'ya gitmeyiz diyen Arap aşçılar gibi sen de ahmaklık etme. Her hallerine ben kefilim diyorum. Beğenmezsen durmazsın. Seni pençenle halayıklığa[2] satmıyorum ya? Yıkan, temizlen, arlan, paklan. En yeni elbiseni giy. Şöyle vakur, hamarat, becerikli bir hizmetçi haline gir. Vallahi az zamanda orada donanır, tövbe yoksulu olursun. Boğazın yemek, üstün elbise, cebin para görür. Oradan bana bir hizmetçi ısmarladılar. Anan rüyama girince sen aklıma geldin. Sonra bana dua edersin.

Ayşe Hanım'ın bu ısrar ve iknaları karşısında teklifini kabul edip ertesi gün gitmek için hazır bulunmaya söz verdim.

Sabah oldu. Erkenden Ayşe Hanım geldi. Bahçekapı'ya inerek bir kayığa bindik. Niçin herkesle beraber büyük kayığa binmediğimizi Ayşe Hanım'dan sordum. "Bu kadar meraklı olma kızım. Her hesabımı sana söylemeye mecbur değilim" cevabını verdi.

---

1 Acem ülkesi, İran.

2 Halayık; parayla alınıp satılan, üzerinde sahibinin her türlü hakka sahip olduğu kadın köle. "Pençeyle halayıklık" ise eskiden mühür niyetine bir belgeye basılan el işaretinden hareketle, "belgeyle, mühürlü kâğıdıyla halayıklık" anlamında olsa gerek.

Üsküdar'a çıktık. O tarihte Üsküdar'da şimdiki faytonlar, talikalar[1] yoktu. İki yüksek makas üzerine oturtulmuş her tarafı pencereli, karpuz şeklinde yuvarlak arabalar vardı. Ayşe Hanım beni bir kenara çekip, "Sen burada dur!" tembihinde bulunduktan sonra gitti. Bu arabacılardan biriyle pazarlık etti. Arabayı neresi için tuttuğunu işitemedim. Biz yan yana, yuvarlak antika bir çekmeceye benzeyen bu arabaya kurulduk.

Çarşıdan geçerken bir bakkal dükkânı önünde durup ekmek, peynir aldık.

— Anneciğim, gideceğimiz konakta yiyecek yok mu? Yahut pek uzağa mı gideceğiz?

— Aman kırkmerak karı, sus! Adım başında bana ahret sualleri sorma. Kır havasıyla şimdi acıkırız. Safra bastırmak için aldım, dedi.

Ben Üsküdar'ı ömrümde ilk defa görüyordum. Çarşıyı geçtik. Etrafı kırlık mezarlık, uzun bir yoldan gidiyorduk. Bir çeşmeye rastladık. Zincirli bakır tastan doya doya su içtik. Araba bir yokuşa saldırdı. Git git bitmez, git git bitmez.

Mevsim yaz sonuydu. Biraz sıcak vardı. Ulu bir çınarın altında uyuyan yeşil bir türbenin önünde eğlendik. Ayşe Hanım elini kaldırdı, mırıl mırıl okudu. "Allah şefaatine nail eylesin" duasıyla ellerini yüzüne sürdü. Ben de, Rabbim kabul etsin, namaz surelerinden bildiklerimi okudum.

Yine yola düzüldük. Artık evler seyrele seyrele neredeyse yok oldu. Tamamıyla bir kırlıktan gidiyorduk. Arada bir öküz arabasına, atlı merkepli adamlara tesadüf ediyorduk. Arabada sallana sallana içim bağrım birbirine karıştı:

— Daha çok var mı? diye sordum.

Ayşe Hanım'ın sükûtuna rağmen arabacı:

— Dur bakalım, daha yeni yola düzüldük, cevabıyla korkumu artırdı.

Artık gide gide insana değil, ine cine bile rastlayamaz olduk. Gözlerimizin önünde dağlar tepeler açıldıkça açılıyor-

---

1 Dört tekerlekli, üstü kapalı, yaylı bir tür at arabası.

du. Ah, alnımın kara yazıları! Bu karı acaba beni nerelere götürüyordu? Benim ona sorduğum sorulara cevap yerine Ayşe Hanım hafiften, "Açıl dağlar açıl, yâri göreyim" nakaratlı bir şarkı tutturdu. O söylüyor, ben gözyaşlarımı kalbime içirerek sessizce ağlıyordum.

Hayvan yoruluyor, arada bir dinleniyorduk. Uzaktan denizleri, bayırları gördükçe bütün bütün garipseyerek artık kendimi tutamaz oldum. Ayşe Hanım hiddetlendi:

— Ah bebeciğim, emziğini mi istiyorsun? Koskoca kadın böyle hüngür hüngür ağlamaya utanmıyor musun? Merhametten maraz hâsıl olur derler ya çok doğru bir lakırdıymış. Artık bir kere yola çıktık. Ağlasan da gideceğiz, bayılsan da gideceğiz. Ben bu kadar masraf ettim, geri dönmek olmaz. Bu paraları kimden alacağım? Bari sus da arabacıyı kendine güldürme... diye azarladı.

O çölde ağlamak, sızlamak ne para eder! Bir etrafıma bakındım. Tamamıyla bu kadının eline, insafına kalmış olduğumu anladım. Arkamızdan İstanbul, Üsküdar kaybolmuştu.

Bir müddet daha gittik. Uzaktan bir köy göründü. Kendimi hemen arabadan atıp o tarafa kaçmak istedim. Bu telaşımı gören Ayşe Hanım, alaycı bir gülüşle:

— Muhsine, deliliği bırak! Sen çağda taze bir kadın, tek başına bu ıssız yerlerden o köye kadar nasıl gider? Kendini hancılara, bağcılara ziyafet mi çekeceksin? O köyü buradan öyle görüp de yakın bir yer zannetme. Orası bir saat sürer.

Teşebbüsümün pek delice olduğunu anlayarak niyetimden vazgeçtim. Fakat bir türlü üzüntümü dindirmeye muvaffak olamadım. Ellerimi yüzüme kapayarak hıçkıra hıçkıra ağlıyordum. Beni satmaya mı, öldürmeye mi, işte her nereye ise götüren o kadın bu titremelerimden biraz insafa geldi. Yüzünü, sedasını tatlılaştırarak:

— Benim gibi bir ana dostundan sana hiçbir fenalık gelmez. Korkma, seni boğazlamaya götürmüyorum. Tırınk tırınk ay başlarında yüz tane kuruş alması kolay mı? İstanbul'da böyle bir kapı bulmak mümkün mü? Ne yapalım,

Cenabıhak işte sana böyle takdir etmiş. Kısmetini böyle biraz uzacık yerden verecek. Yapacağım iyiliğe beni pişman etme. Çok şükür işte altımızda araba... Geldik. Çok bir yer kalmadı. Beğenip de oturursan ne âlâ, hoşlanmazsan yine beraber döneriz. Ben seni zorla orada zincirlere bağlayıp bırakmayacağım ya!..

Bu sözlerden sonra azıcık yüreğime su serpilir gibi oldu. Sustum. Sessiz bir tevekkülle etrafıma bakmaya başladım.

Yine dere tepe demeyip gidiyorduk.

III
Yedi Çobanlar Çiftliği

Bir hayli daha yol aldık. Nihayet Ayşe Hanım elini kaldırıp, parmağını dikerek uzun bir düzlükten sonra kabarmış bir tepenin hafif bir duman içindeki yeşil ağaçlarını göstererek, "Geliyoruz. İşte orası... Yedi Çobanlar Çiftliği..." dedi.

O yana baktım. İnce sislere gömülmüş bir ağaçlık... Bu ormancığın koyu yeşil kümeleri arasından dağınık damlar, duvarlar, irili ufaklı binalar, pencereler, bacalar gördüm. Yine yüreğimi derin bir korku sardı. "Yedi Çobanlar Çiftliği..." Bu isim benim teessür dolu kalbim için korkulu bir adlandırmaydı. Derhal gözlerimin önüne iriyarı, haydut bakışlı, silahlı yedi tane çoban dizildi. Ben bunların arasında o geceyi nasıl geçirecektim? Bunlar benden ne yolda hizmetler isteyeceklerdi? Derhal yine gözlerim sulanarak dedim ki:

— Ayşe Nineciğim, benim gibi çelimsiz bir kadın böyle yedi çobana birden nasıl hizmet edebilir? Yüz kuruşları da onların olsun, hepsi de... Ben şimdi geri dönmekten başka bir şey düşünmüyorum.

— Hay Allah'ın budalası! Bugün seninle hakikaten derde çattım. Ne meram anlamaz kadınmışşın? Öyle yedi sekiz çoban filan yok. Çiftliğin kırk yıldan beri adı öyle. Oraya şimdi çiftlik demek de hata... Büyük, viran bir bina etrafında ufak tefek evlerden başka bir şey kalmamış. Sen orada kendin gibi, belki senden bin kat terbiyeli, nazik kadınlar bulacak, onlarla oturacaksın. Çobanın bahçıvanın seninle ne münasebeti olabilir?

Yine sustum. Ayşe Hanım bu defa arabacıya döndü:

— Haydi ağam, sen de dahdahını biraz sür! Gelin mi götürüyorsun? Pek nazlı gidiyoruz, dedi.

Arabacı, kırbacını hayvanın kıçına yavaşça dokundurarak:

— Gelin mi götürüyoruz vallah ben de bilmem? Bir günlük yol. Bizim Pehlivan yoruldu, baksana körük gibi soluyor.

Ayşe Hanım — Ay bu kurada[1] beygirin adı Pehlivan mı?

Arabacı — Ya Pehlivan olmasaydı Yedi Çobanlar Çiftliği'ne, öyle "netameli" yere nasıl gider?

Ayşe Hanım — Neden oluyormuş netameli?

Arabacı — Orası cinlerin, perilerin kumkuma yeridir. Geçenlerde oraya giden arabacı Veli'nin beygirini çarptılar. Hayvanın beş dakikada soluğu kesildi, kurbağa gibi yamyassı oldu. Ezandan sonraya kalmaya gelmez.

Ayşe Hanım — Haydi zevzek! Parayı çok alayım diye nağme ediyorsun. Köşkün içi adam dolu. Onlar nasıl oturuyorlar?

— Nasıl oturduklarını Allah bilir! Oturup da rahat mı ediyorlar? Çiftlik sahibi hanımefendi perilere karıştı, çıldırdı. İç bahçedeki havuzun kenarında her akşam cinler meclis kurarlarmış. Hanımefendi gidip onlarla oturur, konuşurmuş. Hanımdan başka gece bahçeye çıkanları periler boğarlarmış. Oraya giden erkek, kadın hizmetçilerden hiçbiri sağ dönmez. Sular karardıktan sonra o civarda kimse dolaşamaz. Kurtları, kuşları bile çarparlar.

— Artık uydur uydur da söyle bakalım! Allah kimseyi sizin dilinize düşürmesin. Siz arabacılar, köylüler bir yalana bin mübalağa katarsınız. Hanımefendi orada mı çıldırdı? O İstanbul'daki konağında aklını bozdu. Zengin kadın, tımarhaneye koymadılar. Hava değişikliği olsun diye buraya, çiftliğine getirip kapadılar.

---

1 Dayanıksız, çelimsiz, cılız.

Korkudan yüreğim hop hop atmaya başladı. Ayşe Hanım'a sordum:

— Ay beni hizmetçiliğine götürdüğün hanımefendi deli mi?

— Ya sabır! Öyle ona buna saldıran azgın deli değil. Biraz meraklı, sersemce bir kadın işte bu...

Arabacı, hayvanına bir kırbaç daha savurduktan sonra başını biraz bize çevirerek:

— Ya çiftliğin eski mezarlığından çıkan gulyabani?.. Minare kadar bir şeymiş. Geçenlerde ay ışığında üç atlıyı kovalamış. Biçareler Bulgurlu'ya zorla kaçabilerek baygın düşmüşler. İkisinin hayvanı çatlamış.

Ayşe Hanım — Artık sus herif! Yanımdaki safdil kadını korkutuyorsun. Baksana, beti benzi kül kesildi.

Arabacı — O gulyabaninin yemeği çiftliğin mutfağından verilirmiş. Bir gece vermezlerse oraları allak bullak edermiş. Ne kümeste tavuk bırakırmış, ne ahırda hayvan, ne ağılda koyun...

Ayşe Hanım — Çenen tutulsun! Yetişir dedim ya! Hiç minare kadar gulyabani mutfak yemeğiyle doyar mı? Böyle şeyleri duyup da inanmak için insan ne kadar ahmak olmalı.

Arabacı — Ben işittiğimi söylüyorum hanım.

Ayşe Hanım — İşittiğin sende kalsın!

Bu rivayetleri dinlerken her tarafıma soğuk bir ter yayıldı, buz kesildim. Baygınlıklar geçiriyordum. İtiraza, konuşmaya mecalim kalmadı.

Ayşe Hanım şimdi bana döndü:

— Korkma kızım, bu sözlerin hepsi masal, işit de inanma. Bunlardan birinin aslı olsa ben seni oraya götürür müyüm? Ben senin hasmın, düşmanın mıyım?.. Akıl var, izan var. Artık buraya kadar geldin. Köşkü, içindeki insanları bir kere gör. Hoşlandın ne âlâ, hoşlanmazsan seni getirdiğim gibi yine götürürüm.

Artık çiftliğe epey yaklaşmıştık. Ağaçlar, binalar daha belli görünmeye başladı. Biraz yokuş indik. Kurumuş dere gibi taşlık bir yerden geçtik. Bir tepe çıktık. Bir müddet de bir düzlükten gittikten sonra çiftliğin önüne geldik. Arabayla ağaçlığa girdik.

Arabacıdan işittiğim korkulu sözlerin tesiriyle midir nedir, burası bana ağaçları sık bir mezarlık gibi pek loş, pek kasvetli göründü. Bu gölgelerin arasından geçtikten sonra, harman yerine benzer bir meydanlığa geldik. Yanımızda bileziği taşlarla örülmüş büyük bir kuyu, etrafında birkaç ihtiyar servi gördüm. Yine bir ağaçlığa girdik. Orada burada selamlık[1], hizmetçi daireleri, mutfak, ahır, kümes gibi binalar göründü. Tavuklardan, kazlardan, birkaç keçiden başka bir canlıya rastlamadık. Karşımıza uzun ve yüksek, harapça bir duvar çıktı. Duvarın cephesinde birbirine hemen hemen otuz arşın kadar bir mesafede, sımsıkı kapalı iki büyük kapı vardı. Kapılar eski, boyaları uçmuş, fakat meşe ağaçlarından yapılmıştı.

Ayşe Hanım sağ taraftaki kapıyı işaret etti. Araba orada durdu. O anda sarı aba poturlu, uzun boylu, dik bakışlı, birkaç haftalık kıranta sakalı uzamış, koca bıyıklı, bağcı yahut bekçi gibi bir adam peyda oldu. Ayşe Hanım neredeyse zoraki denecek bir tebessümle bu adama:

— Bekir Ağa! Beyefendinin sipariş ettiği hizmetçiyi getirdim, köşkün kapısını aç! dedi.

Bekir Ağa beni derin derin bir iki defa süzdükten sonra poturunun yan cebinden, ucuna ip bağlı koca bir anahtar çıkararak kalın, sert bir sesle:

— Malumatım var, cevabını verdi.

Anahtarı deliğe soktu. Yüzünü buruşturur bir zorlukla iki eliyle çevirdi. Kapının tek kanadı gacır gacır açıldı. Arabadan indik. Ayşe Hanım arabacıya dönüp:

— Hayvanını çöz. Biraz dinlensin, otlasın. İşimiz uymazsa yine geri döneceğiz.

Arabacı eliyle hayvanın boynundan akan terleri silerek:

— Aman hanım, sakın geç kalmayınız!

— Merak etme...

Arabacı beygirin iki kulağına yapıştı, şiddetle bir çekti. Hayvan, koşumlarının altında silkindi. Biz içeri girdik. Bekir

---

1 Eskiden konak, köşk ve evlerin erkeklere ayrılan bölümü; hariciye de denirdi. Genellikle evlerin ön tarafında yola bakacak biçimde yapılır, kapısı doğrudan ana yola açılırdı.

Ağa dışardan aynı gacırtıyla üzerimize kapıyı kapadı. Burası duvar kenarlarında yaseminler, hanımelleri, asma çardakları, meyveli meyvesiz ağaçlarla bir ormancık haline gelmiş, bakılmamış, harap bir bahçeydi. Ben perilerin geceleri ev sahibesi hanımla etrafında meclis kurdukları havuzu arıyordum. Öyle bir şey göremedim, arabacının yalanına yordum.

IV
Ayşe Hanım'ın Dubarası

Karşımıza büyük, harap, üç katlı bir köşk çıktı. Köşkün önündeki bu bahçe, harem[1] ve selamlığı ayıran yüksek bir duvarla ikiye ayrılmıştı. Bahçenin bu ikinci kısmında büyük büyük ağaçlar görünüyordu. İçeri girmezden evvel gördüğümüz iki kapıdan birinin bahçenin öbür kısmına açıldığını anladım.

Yürüdük. Binanın asıl kapısını çaldık. Bir hayli bekledikten sonra kapı açıldı. Bizi karşılamaya zayıf, uzun boylu, soluk benizli, avurdu avurduna çökmüş, hemen hemen ellilik bir halayık çıktı.

Ayşe Hanım beni göstererek:

— Çeşmifelek Kalfa, işte size bir arkadaş getirdim. Huyuna suyuna, ırzına namusuna, her şeyine kefilim. Ağzı mühürlü bir sandık gibi kapalıdır. Gördüğü, işittiği şey yine orada kalır.

Sıkıntıdan döktüğüm terlerle yaşmağım[2] yüzüme gözüme yapışmıştı. Çeşmifelek Kalfa beni dikkatlice bir süzdükten sonra:

— Teşekkür ederiz Ayşe Hanım. Senin bulduğun kadın elbette fena olmaz. Biz de burada insan yüzüne hasret kaldık. Kuş uçmaz kervan geçmez bu koca evin içinde bir Ru-

---

1 Eskiden saray, konak ve evlerde yabancı erkeklerin giremediği yalnız kadınlara mahsus bölüm.

2 Kadınların feraceyle birlikte kullandıkları, yalnızca gözleri açıkta bırakan yüz örtüsü.

şen Abla, bir ben... Birbirimizin yüzüne baka baka bıktık usandık.

Ben kendimi tutamayarak:

— Aaa, buranın hanımı yok mu? deyiverdim.

Benim bu tedbirsiz sualim üzerine Ayşe Hanım şiddetle eteğimi çekti. Büyük bir pot kırdığımı anladım. Çeşmifelek Kalfa beni bir daha süzerek:

— O sana ait bir mesele değil efendim... dedi.

Hanımefendi bana ait bir mesele değilmiş. Ben acaba kime hizmet edecektim?

İyice silinip süpürülmemiş büyük bir mermer taşlığın sonunda çifte merdiven, bunların arasında ayna taşı tavus kuyruğu gibi yaprak yaprak açılmış büyük kurnalı bir musluk görünüyordu.

Kalfanın işareti üzerine alt kattaki yan odalardan birine girdik. Eski damıska[1] örtülü boydan boya bir kerevet, yan tarafta ufak bir erkân minderi[2], duvarlarda salkım salkım kabak, mısır, başak kuruları asılı...

Kalfa odanın bir köşesinde duran ufak sarı mangalı erkân şiltesinin yanına çekti. Kahve cezvesini sürüp dereden tepeden lakırdıya girişti. Bu ihtiyar Çeşmifelek fena bir kadına benzemiyordu. Eski bir kibar konağında büyümüş, esaslı bir terbiye görmüş olduğu her tavrından belliydi. Adeta çok güzel ve düzgün konuşan bir hanım gibi ağır ağır söylüyor, her söz ağzından hesaplı, tartılı, düşünerek çıkıyordu. Ben yine bir pot kırmamak için söze karışmıyor, sadece dinliyordum.

Aman Yarabbi! Dağ başında, neredeyse kırk odalıya benzeyen bu koca köşkün içinde, yapayalnız bu iki kadın nasıl oturuyorlardı? Evin hanımefendisinin deli olduğunu işittim. O biçare kadın, bu koca binanın hangi odasında kapalıydı? Hanımefendiye dair soru cevabın yasak olduğunu anladım. Arabacının söylediği lakırdıların doğru olup olmadığını sorup anlamak merakıyla çıldırıyordum. Bu koca evin içinde

---

1 Bir çeşit ipekli kumaş.

2 Erkân minderi/şiltesi: Ev ve konaklarda seçkin konukların oturması için yapılmış yer minderi.

hangi hizmete tayin olunacağımı anlamadan orada kalmak hiç işime gelmiyordu.

Kalfa kahveleri pişirdi. Nazik bir tavırla fincanları elimize verdi. Ayşe Hanım beni Çeşmifelek'e o kadar methetti, o kadar methetti ki ben adeta sıkıldım. Saydığı faziletlere sahip olduğuma en fazla kendim şaştım. Bu kadının beni oraya kapılandırmakta büyük bir menfaati vardı, fakat ne olduğunu anlamıyordum. Onun çaçaronluklarına ara vererek, bütün cesaretimi toplayıp Çeşmifelek'e dedim ki:

— Kalfacığım, eksik olmayınız, sizden pek hoşlandım. Fakat müsaade ederseniz bir iki sualim var.

Kalfa beni yine ağır ağır gözden geçirerek:

— Buyurunuz, dedi.

— Ben buraya kapılanacağım, lakin hizmetimin neden ibaret olduğunu evvelce öğrenmek isterim. Üstesinden gelemeyeceğim bir iş ise beyhude burada kalmayayım.

— Göreceğin hizmeti hiç merak etme. Ağır bir işimiz yoktur kızım. Bana el ulağı[1] olacaksın. Tahta, çamaşır, ortalık süpürmek gibi ev işleri. Bu koca evin her tarafı silinip süpürülmez, birçok yeri kapalı durur. Derleyip toplayacağımız kullandığımız bir iki odadan ibaret... Dışarıda kâhya, bekçi, bahçıvan gibi birkaç erkek var. Onlar kendi işlerini kendileri görürler. Biz sabah akşam yalnız iki tabla yemek veririz. Yemeği de Ruşen Abla pişirir. İhtiyarladım, halsiz kaldım. Ne kadar güç olmasa da artık hepsine yetişemiyorum. Sen bize can yoldaşı olacaksın. Merak etme, bütün işi sana bırakmam. Yine yarıdan fazlasını kendim yaparım.

— Benden evvel buraya hizmetçi aldınız mı?

— Evet, bir iki tane geldi gitti. Pek terbiyesiz kadınlardı. Biz insandan pek o kadar iş istemeyiz. Bu evin bir âdeti vardır: Her gördüğünü bilmeye uğraşmamalı, her işittiğini merak etmemeli.

Birkaç kere yutkunduktan sonra dedim ki:

— Peki kalfacığım, ama bizi buraya getiren arabacı yolda birtakım korkunç şeyler söyledi. Periler, cinler, gulyabaniler...

---

1 El ulağı: Yardımcı, yamak.

— Evet, bu köşkün öyle adı çıkmıştır. Ben yalanı sevmem. Doğrusu bu...

— Köşkün perili olduğu hakkındaki bu sözlerin aslı var mıdır?

— Sana şimdi "Bu köşke gelen kişi pek o kadar meraklı olmamalı, her şeyi anlamaya uğraşmamalı" demedim mi?

— Aaa... Ben cinden periden çok korkarım. Doğrusu bu hususta meraklıyım. Yapamam... Mademki siz sözü doğru söylüyormuşsunuz ne olduğunu bir parça anlatınız.

— Bazı geceler ufak tefek patırtılar çıtırtılar olur, fakat kimseye bir zararları yoktur. Biz kırk senedir buradayız. Hamdolsun hiçbirimize bir şey olmadı. İşte bak seni aldatmıyorum. Lakin bu evde kaldıktan sonra bu yolda uzun suallere kalkışırsan benden ve kimseden bir cevap alamazsın. İşin hakikati bu.

Beni derin bir düşünme aldı. Kalfa o kadar tatlı ve doğru söylüyordu ki sözlerinde en ufak bir yalan hissedemedim.

O aralık içeriye Ruşen Kadın girdi. Şişman bir Arap... Bir tarafında bir fino köpeği, diğer yanında kuzguni siyah, iri bir kedi vardı. Bu iki arkadaşıyla yürüdü, kerevetin kenarına oturdu.

O esnada Ayşe Hanım, "Gidip bir abdest tazeleyeyim" diyerek dışarı çıktı.

Fino beni görünce kuyruğunu kavislendirerek düşmanca bir şekilde havlaya havlaya beyaz dişlerini gösterdi. Ruşen Kadın:

— Sus Şeytan! O yabancı değil.

Bu azardan sonra köpek kerevete yaklaştı. İki ayağı üstüne oturarak bana dikkatle bakmaya başladı. Kedi yalana yalana gitti, küçük bir yer minderinin üzerine çöreklendi, yattı.

Ruşen Kadın, Çeşmifelek Kalfa'ya bir baş işareti yaptı. Kalfa kendine mühim bir iş tebliğ olunmuş gibi hemen odadan çıktı. Aşçı kadınla yalnız kaldık. Arap güler yüzlü bir çehreyle:

— Safalar, uğurlar getirdiniz. İstanbul'da ne var ne yok bakalım?

— İyilik ablacığım...

— Ah, cümlemiz iyi olalım. Nasıl, köşkümüzü beğendin mi? Bizden hoşlandın mı?

— Beğendim, hepsi pek âlâ...

— Eh, niye öyle durgun duruyorsun?

— Bu köşk için cinli perili dediler de korkuyorum.

— Aman düşündüğün şeye bak! Bu dünyada hiç perisiz yer olur mu? İki gözüm onlar iyi saatte olsunlar, nerede yok ki burada olmasınlar... Onlara zarar etmeyene hiç fenalık yapmazlar.

— Arabacı söyledi. Burada bir iki hizmetçi boğmuşlar...

— Elbette boğarlar. Destur[1] demeden pencereden aşağı, onların başına tükürülür mü? Hiç gece faraşla bahçeye süprüntü dökülür mü? Hizmetçiler onları saymadı, ötekiler de onları boğdular.

Ruşen'in bu safça ifşası üzerine:

— Ben burada durmam, gideceğim! Ayşe Hanım nerede? feryadıyla hemen taşlığa fırladım.

Arap arkamdan yetişerek:

— Ayşe Hanım nerede?.. O çoktan arabaya binip gitti. Şimdiye kadar Yalnız Servi'yi buldu.

— Yok, bir dakika durmam. Ben de gideceğim.

— Buraya gelen, ayağıyla gelir, fakat kendi arzusuyla gidemez. Biz insanı salıvermeyiz. Seni buraya kim teslim ettiyse yine gelir o alır. Başka türlü gidemezsin.

V
Korkulu Bir Akşam Yemeği

Taşlığın kapısına doğru koştum. Sımsıkı kilitli buldum. Alt katta her tarafın pencereleri kalın, sık, demir parmaklıklarla örülmüştü. Kaçmanın imkânsız olduğunu gördüm.

---

1 Halk arasında gece su dökerken veya kirli bir su üzerinden geçerken cinler çarpmasın diye söylenilir.

Aman Allahım! Ben bir tuzağa tutulmuştum ama bu nasıl tuzaktı? O gece başıma neler gelecekti? Bir müddet ağladım, sızladım, dövündüm. Ruşen Kadın, "Yemek kotaracağım" diye savuşup gitti. O tatlı dilli kalfa da meydanda yoktu. Odada bir başıma kaldım. Çaresiz bir belaya uğramıştım. Çırpınmanın para etmeyeceğini anladım. Ecelime tevekkülden başka bir selamet yolu göremiyordum. Gözyaşlarımı sildim. Kerevetin bir kenarına oturdum.

Artık akşam oluyordu. Dört duvarla çevrili bahçeye baktım. Rüzgârla oynayan ağaçların gölgeleri bile esrarengiz, korkunç birer hayal gibi bana dehşet veriyordu. Oda loşlaştıkça etrafımı saran bütün eşyadan, her şeyden, minder üzerinde yatan kara kediden bile korkar oldum.

Acaba o zayıf kalfa ile bu şişman Arap, insan şekline girmiş birer peri miydiler? Böyle esrar dolu bir evde her şey muhtemeldi. Yaradanıma sığındım, bildiğim duaları okumaya başladım.

Artık sular kararıyordu. Hâlâ gelen giden yok. Bir köşeye büzülmüş titriyordum. Nihayet merdivende bir pıtırtı oldu. Aman Yarabbi! Kim geliyordu? Çeşmifelek Kalfa, elinde bir fiske şamdanıyla[1] göründü. Tepeden tırnağa beyazlar giymiş, saçlarının örgülerini çözüp omuzlarından aşağı salıvermişti. Gözleri gündüzki haliyle kıyaslanamayacak bir şiddetle parlıyordu.

Kapının eşiğinde durdu. Okur gibi bir şeyler mırıldandıktan sonra ağır bir telaffuzla:

— Haydi kızım, gidelim. Ruşen'e yardım edelim. Yemek zamanı geldi. Arkamdan yürü. Kapı eşiği atladıkça destur de! ihtarında bulundu.

Kalktım. Ben kapı eşiği atladıkça değil, onlardan birine basarım korkusuyla her adımımda "Destur!" diyordum. Periler civciv gibi bu evin her tarafına, ayak altlarına dağılmışlar mıydı?..

---

1 Fiske şamdanı, eskiden bina içinde gece bir yerden bir yere giderken önünü görmek veya kandilleri yakmak için kullanılan, elde taşınır, fitilli küçük bir şamdandı.

Taşlığı geçtik. Karşı tarafta büsbütün karanlık, uzun bir yola girdik. Ben "destur" kelimesini birbiri ardınca tespih gibi çekiyor, taşları incitmeyeyim endişesiyle parmaklarımın ucuna basıyordum. İki tarafımızda eşya gibi yığın yığın karaltılar vardı. Bunların ne olduklarına ben dikkatle bakamıyordum.

Biraz daha yürüdük. Bacaklarıma doğru yumuşak yumuşak bir şey dokunmaya başladı. Korkudan dizlerimin bağı çözüldü. Bir iki "Destur!" dedim. Durdum. Helecandan bayılacaktım.

Kalfa:

— Kızım niye yürümüyorsun?

— Ben uğradım galiba?

— Ne var?

— Ayaklarımı okşuyorlar.

Kalfa hususi bir makamla, "Göklerin mahı[1] / Diyarların padişahı! Çekil," dedi.

İki çenem birbirine vurmaya başladı.

Sonra kalfa, "Eyle kerem / Destur muhterem" kafiyesiyle mumu ayaklarıma doğru tuttu.

— A, kediymiş! Korkma kızım, dedi.

Eğilip baktım. Gerçekten o gündüzki iri kara kedinin ayaklarımın arasında dolaştığını gördüm.

Yine yürüdük. Olmayan bir müziğin ağır temposuna ayak uydurur gibi bir çeşit acayip kadans[2] ile gidiyorduk. Kedinin bacaklarıma her temasında tüylerim ürperiyordu. Nihayet geniş bir kapıya geldik. İçeriye baktım: Gayet büyük bir mutfak. Köprü kemeri gibi büyük bir ocağın önüne Ruşen Kadın finoyla karşı karşıya oturmuş. Ocakta bir tencere kaynıyor. Arap da saçlarını çözmüş, siyah yün gibi dağıtmış, beyazlar giymiş. Bu tuhaf elbisenin akşamdan sonra perilere karşı gerekli sayılan bir nevi "etiket" olduğunu anladım. Sahanlığın üstünde kör bir kandil yanıyordu. Ab-

---

1 Mah: Gökyüzündeki ay.

2 Ritim, tempo.

lanın arkası bize dönüktü, geldiğimizi görmedi. Fakat hâlâ bana alışamayan köpek hırlamaya başladı. Arap başını bize döndürdü:

— Destur! Tü tü tü!.. Ay siz misiniz? Ötekileri zannettim de korktum. Çünkü Şeytan onların geldiğini hissedince hırlar, dedi.

Nalınları giyip içeri girdik. Çeşmifelek Kalfa ocağın başına yaklaşıp:

— Dadıcığım, bu akşam yemek geç kalmış...

Arap üzüntüyle başını sallayarak:

— İyi saatte olsunlar, bugün onları gücendirdim mi ne yaptım? Bir türlü pilav kaynamıyor...

— Şerbetlerini, şekerlerini vermedin mi?

— İncirin köküne bol bol döktüm... Şah nerede? Onun kaybolması iyi mana değildir. Bilirsin ya, Şah onlardandır. Onların küçüğüdür.

— Bizimle beraber geldi. İşte burada...

Bu muazzam ismin kediye verilmiş olduğunu anladım. Biraz bekledik. Ruşen Kadın Şah'la Şeytan'ın ayrı ayrı kaplarda yiyeceklerini verdi. Nihayet pilav pişti. Evvelce kotardığı yemek sahanlarını dizerek iki tabla tertip etti. Mutfağın bahçeye açılan kapısı önüne gitti. Oradan kordon gibi sarkan, ucuna tahta parçası bağlı bir ipi seksen besmele ve desturla birkaç defa çekti. Sonra bize dönerek:

— Ötekiler çıngırağı pek seviyorlar. Geçen akşam yine böyle çekerken hep buraya üşüştüler, dedi.

Biz kendimize ait olan tablayı aldık. Mutfağın yanındaki yemek odasına girdik. Sofrayı kurduk, ekmekleri siniye dizdik. Bol etli silkme, patlıcan kızartması, pilav, bir de koca kâse kaymak gibi yoğurttan ibaret olan yemeğimizi yedik. Hepsi pek nefis pişirilmişti.

Yemekten sonra yine o uzun yoldan desturla yürüyerek gündüz oturduğumuz odaya geldik. Cezveler sürüldü, kahveler içildi. Bu iki beyaz elbiseli, çözük saçlının arasında ben kıyafetimle, her halimle pek yabancı kalıyordum. Dışarıdan gelen en ufak bir patırtıya ikisi de dikkatle kulak kabartıyorlardı. Dereden tepeden konuşuyorduk... O geçtiğimiz uzun yolda bir gürültü oldu. Şeytan başını kapıya uzattı, havlamaya başladı. Ruşen Kadın iki yanına sallana sallana:

Özüm doğru
Sözüm doğru
Korkutma bizi
Gözümün nuru

kafiyelerini makamla mırıldandıktan sonra dedi ki:

— Rabbim hayırlar versin, bu akşam yine bir hiddetleri var.

Bu iki acayip kadının periler ile insanlar arasında esrarengiz birer mahlûk olduklarına artık hükmettim. Dışarıdaki cinler kadar bunlardan da korkmaya başladım.

Şamdan tepsisi üzerinde bir yağ mumu yanıyor, koca odaya bu ışıksızlık bir türbe korkusu veriyordu. Hanımefendi bu cinli harabenin acaba hangi köşesinde oturuyordu? Yoksa perilerin elebaşı o muydu?

Dadıyla kalfa arasında bazı kaş göz işaretleri yapıldığını hisseder gibi oldum. Fakat ışığın kuvvetsizliğinden bunlardan belli bir anlam çıkaramıyordum. Biraz daha oturduk. Çeşmifelek kalktı, el şamdanını yaktı. Ruşen'e bakarak:

— Sen bu kadına gereken şeyleri öğret. Ben gidiyorum. Geç kalmaya gelmez, dedi.

Odadan çıktı. Biz şimdi Ruşen, ben, Şeytan, Şah, dört can karşı karşıya kaldık. Bu hayvanlar bile perilere karışmışlardı. Hele Şah onların çengisi, köçeğiymiş. Acaba bu hayvan bana bu gece ne oyunlar oynayacaktı?

Bu akşam Ruşen'den ders alacakmışım. Bana öğretecekleri şeylerin yapması kolay mı? Beceremezsem çarpılacak mıyım? Aşçı kadın, Şah'ı uzun uzadıya öpüp kokladıktan sonra bana döndü:

— Ben de gidip yatacağım kızım. Çok uyanık durursak hoşlanmazlar. Gündüz bizim, gece onların... Rahat bırakalım, istedikleri gibi gezinsinler.

Ağlayarak Arap'ın ayaklarına kapanıp:

— Aman ablacığım, kurban olayım! Her tarafım zangır zangır titriyor. Ben bu evde yalnız başıma bir odada yatamam. Nereye gideceksen beni de beraber götür.

Kaşlarını çattı:

— Olmaz, olmaz! Benim virdim[1], virtlerim var... Geceleri çekerim. Yanıma kimseyi alamam.

— Allah aşkına...

— Nafile yalvarma, olmaz. Hiç korkma. Onlar gece insan olan odaya girmezler. Ben şerbetledim. Şimdi senin boynuna bir muska takacağım, bir şeycik yapamazlar. Hem evde en emin oda burasıdır. (Eliyle duvarı göstererek) Bak orada bir levha var. İçinde "Elcinnülecin" yazılı. Onun semtine uğrayamazlar, dedi.

Korka korka duvara baktım. Bir çerçeve asılıydı. Okuma bilmem ki ne olduğunu anlayayım.

— Aman kadıncığım, perilerin başı için beni beraber götür. Öleceksem senin yanında öleyim. Belki ağzıma bir yudum su verirsin.

Bir pıtırtı duyarak Şeytan yine havladı. Ruşen kapıya doğru, gaibe hitapla:

— Biraz müsaade edin efendim! İşte artık yatıyoruz, konak sizin... (Bana dönerek sert bir sesle) Yok iki gözüm, onlar inattan hoşlanmazlar. Periler seni boğacak olduktan sonra benim yanıma gelmeye korkarlar mı? Niçin bu kadar titriyorsun? Onları kızdıracak bir fenalık mı yaptın? Suçun mu var?..

— Hiçbir suçum günahım yok, Mevla biliyor. Fakat onların hoşuna gidip gitmeyen şeyleri ben nereden bileceğim?

— Dur, hepsini anlatacağım. Dinle. Mavili elbiseler giyme. Uçkurunu kıbleye karşı bağlama. Kapı eşiğine oturma. Kuşağını kördüğüm etme. Yatağını duvar kenarına yapma. Akşamları saç örgülerini çöz. Gözlerini birbiri üstüne yedi

---

1 Belirli zamanlarda manevi bir görev olarak düzenli şekilde okunan dini sözler, dualar.

defadan fazla kırpma. Seni korkuttukları vakit ayak başparmaklarının tırnaklarını birbirine sürt, iki elinle kulaklarının memelerini tut, bir demir bulabilirsen üzerine bas, "Emret ya cin! Hazırım!" diye bağır. Kalbini ferah, itikadını tam tut. Bir şey olmaz.

Ben titremeler içinde korkudan, hayretten açık bir ağızla Arap'ı dinliyordum. Nihayet koynundan kaytanlı bir muska çıkardı. Boğazıma taktı, bir iki defa okudu. Ve son nasihat olarak:

— Kasıkların çatlasa gece dışarıya çıkma! Onları rahatsız edersin. Gündüzler bizim, gece onların. Yükte[1] döşek var. Ser, yat.

Son yürek yakan istirhamlarıma hiç ehemmiyet vermeyen Ruşen Abla bir tarafında Şah, diğerinde Şeytan çıktı gitti.

VI
Periler

Bir başıma tiril tiril kalakaldım. Şimdi ne yapacaktım? İlk tedbir olarak hemen koşup oda kapısını sürmeledim. Üzüntüden, korkudan, yorgunluktan bitap düşmüştüm. Her tarafım kesiliyordu. Yükü açıp döşeği yapmak istiyor, fakat içinden acaba ne çıkacak korkusuyla açmaya ürküyordum. İkinci tedbirim de perdeleri indirmek oldu. Odanın bir köşesine büzüldüm. Bekliyor, nereden ne çıkacak diye gözlerimi her tarafa dolaştırıyordum. Bu gece bir taraftan hiçbir peri çıkmasa bile o içinde bulunduğum müthiş korku beni öldürmek için kâfiydi. Eşyadan duvarlara, yerlere yansıyan gölgeler bana hep korkunç hayaletler gibi çok acayip görünüyordu.

Bir pıtırtı olunca kalbime kuvvet vermesi için elimle muskaya sarılıyor, "Elcinnülecin" levhasının manevi himayesine sığınıyordum.

---

1 Eski evlerde odaların bir tarafında yatak, yorgan vb. koymaya ayrılmış, büyük yerli dolap, yüklük.

Artık yorgunluğa takat getiremeyerek döşeğimi yapmaya karar verdim. Bütün cesaretimi topladım, yükü açtım. Kaba bir yün döşek ile temiz bir şilte, yastık, yorgan, her şeyi buldum. Döşeğimi levhaya yakın bir yere serdim. İçine uzandım. Hiçbir taraftan çıt işitilmiyordu. Bir müddet derin bir sessizlik ve sükûn içinde etrafı dinledim. Perilerin bu akşam bana merhamet gösterdiklerine hükmettim. Her tarafa kulak kabarta kabarta adeta baygınlığa benzer bir hale düşmüşüm. Bu dalgınlığım ne kadar sürmüş bilemiyorum. Kulağımın dibinde denecek bir yakınlıkta acı acı bir horoz öttü. Döşeğin içinden birdenbire dipdiri fırladım. Sağıma soluma baktım. Odada bir şey yok. Yanan Arap mumu yarıdan aşağıya erimiş, bütün gölgeler dehşetli bakışlarım önünde raks ediyordu. Dışarıda rüzgâr eser gibi bir gürültü oldu. Pencere önündeki hanımeli yaprakları birbirine geçercesine hışırdadı. Bu ilk sağanağı derin bir sükût takip etti. Acaba hakikatte bir şey yoktu da korkudan bana mı öyle geliyordu. O horoz, rüyada işitilmiş asılsız bir seda mıydı?

Ben bu tereddütler içinde tedirgin olurken etrafımda bir sürü ördek vakvakası koptu. Vak... vak... vak... Neredeyse tabiatüstü denecek bir hassasiyet edinmiş olan kulaklarım bana bunları ta yanımda, hatta döşeğimin içinde, yorganımın arasında gibi işittiriyordu. Hemen yastıklarımı ittim, yorganımı silktim. Bir şey görünmedi.

Yüreğim o kadar şiddetle çarpıyordu ki bir daha ayılmamak üzere hemen bayılacaktım. Artık tereddüde mahal yoktu, ördeklerin ötüştükleri bir hakikatti. Bunu uykuda değil, uyanık kulaklarımın bütün açıklığıyla duymuştum. Bu uğursuz köşkün perileri gece müsamerelerinin ilk faslına başlamışlardı.

O anda Ruşen Kadın'ın bana verdiği nasihatler aklıma geldi. Hemen döşeğimi duvardan uzağa çektim. Acaba ben o gün uçkurumu kıbleye karşı mı bağlamıştım? Farkında değilim. Hemen şalvarımı çözdüm, kıblenin aksi cihetine dönerek tekrar bağladım. Bu tedbirden bir fayda görülmedi. Şimdi de "gak gak gak" kazlar başladı. Fakat kaz sesleri bu defa dışarıdan, taşlıktan geldi. Şimdi bunu iyice fark ettim. Galiba bu gece çiftlik perilerinin kümes sakinleri bana hoş geldine geldiler dedim. O anda gayet gevrek bir at kişnemesi işitildi. Onu müteakip merdivende güldür güldür bir koşuşma oldu.

Benden evvel bu köşkte boğulmuş olan iki hizmetçinin feci ölümlerini hatırlayarak aklımı kaybedecek bir hale geldim. İşte o zaman oda kapımın üzerinde velveleli, müthiş bir davuldur başladı. "Dan dan dan dan dan!.."

Artık nefesim nefesime yetişmiyor, ecel terleri döküyordum. O esnada yine aklıma Ruşen Kadın'ın nasihatleri geldi. "Mavili esvap giyme!" demişti. Ay benim üstümdeki entarinin ufak ufak mavi çizgileri vardı. Hemen entariyi üstümden çıkarıp attım. Şalvarım da o örnekti. Onu da sıyırıp fırlattım. Bir bez gömlekle kaldım. Davul yine devam ediyordu. Şimdi o tembihleri birer birer hatırlamaya uğraşıyordum. Daha ne demişti?.. "Akşamları saç örgülerini çöz!" Saçlarımı koparırcasına bir aceleyle çözüp dağıttım. Yine faydasız... Davul hâlâ çalınıyordu. Gitgide kapıyı menteşeleri üzerinde şiddetle sarsmaya başladılar. Artık anlıyordum. Öteki hizmetçiler gibi ben bunların üzerlerine süprüntü dökmeden, başlarına tükürmeden, bu gece beni kabahatsiz boğacaklardı. Ah, can pek tatlı şey... Kurtulmak için zihnimin olanca kuvvetiyle dadının tembihlerini hatırlamaya çabalıyordum. O daha demişti ki:

"Seni korkuttukları vakit ayaklarının başparmak tırnaklarını birbirine sürt. İki elinle kulaklarının memelerini tut. Bir demir bulabilirsen üzerine bas. 'Emret ya cin! Hazırım!' diye bağır."

Üzerine basmak için demiri nerede bulayım? Etrafıma bakındım. Dolabın üzerinde bir anahtar gördüm. Onu yere atıp üzerine çıktım. İki elimle kulaklarımın memelerine yapıştıktan sonra ayaklarımın başparmak tırnaklarını birbirine sürtmeye başladım. Aman Allahım, ne müşkül hareket! Ne zor iş! Ne yorgunluklu didinme... Benimse zavallı ayakta durmaya bile takatim kalmamıştı. Ayak tırnakları kolaylıkla birbirine sürtünmüyor. Ellerim kulaklarımda olduğundan ikide birde pattadak odanın ortasına yuvarlanıyorum. Bu çalışmam bir tesir göstermedi. Gürültü bütün şiddetiyle devam ediyordu. Son nasihat olan "Emret, hazırım ya cin!" teslim sözünü bir türlü söyleyemiyordum. Çünkü ben neredeyse büsbütün çıplak bir kadın... Erkek midir, dişi midir, ne türlü zebella olduğunu bilmediğim bir periye "Emret, her şeye hazırım!" diye nasıl bağırayım?

Yoksa bu cinli köşk her türlü melun tasavvurun üstünde benim gibi masum kadınları avlamak için kurulmuş bir tuzak yeri, bir batakhane miydi?

İlahi ana dostu Ayşe Hanım! Aleyhinde ne kadar büyük bir nefret ve şiddetle lanet okusam yine senden hıncımı alamayacağım... Acaba kaç kuruş kazanmak için böyle ırzıma, canıma kıydın? Artık sana dünyada tesadüf edemezsem yarın ahrette on parmağım yakanda olsun! Bu lanetlerimin neticesinde can kaygısı her şeye üstün geldi. Yine canımı kurtarma imkânını düşünmeye giriştim.

Ruşen Abla daha ne demişti: "Gözlerini yedi defadan fazla kırpma!" Hay bu nasihati aklıma gelmez olaydı! Gözlerimi kırpmamaya uğraştıkça yedi defa değil, belki yirmi yedi defa birbiri üzerine açıp kapamadan duramıyordum. Bu yerine getirilmesi imkânsız bir tavsiyeydi. Acaba Arap benimle eğlenmiş miydi?

Dışarıdaki curcuna benim bu didinmelerime rağmen o kadar azdı ki sürmesi neredeyse fırlayıverecek gibi bir kuvvetle kapı zorlanıyordu. Didindim, didindim, didindim. Dedim ya, can pek kıymetli. Son çareye müracaatı da göze aldım. Rabbim kusurumu affetsin, darısı ayıplayanların başına gelsin! "Hazırım ya cin, emret! Buyur!" davetiyle haykırdım. Oraya baygın düştüm, ötesini bilmiyorum. Gözlerimi açtığım zaman ortalığı ağarmış gördüm. Hiç ses seda yoktu. Odanın orta yerine serili olan döşeğimi ta kapı dibine kadar yer değiştirmiş buldum. En fazla dehşet ve şaşkınlığımı celp eden şey oda kapısının içeriden yine sürmeli bulunmasını görmek oldu.

Döşeğimi ta oradan buraya kadar kim sürükledi? Şüphesiz periler! Çünkü kapıdan başka odaya girecek bir delik yoktu. Bu hakikat meydandayken artık onlardan canımı korumak için tedbir düşünmek kadar büyük bir budalalık olur mu? İşte tamamıyla onların ellerindeydim. Ne isterlerse gece bana yapabilirlerdi.

Vücudumun o akşam uğradığı hasarın derecesini anlamak için kendimi bir yokladım. Elhamdülillah korku ve üzüntünün yorgunluğundan başka kendimde hissolunur bir fenalık göremedim.

VII
Dönmek Mümkün Değil

Gündüzün kalbime verdiği ferah ve emniyetle biraz daha yattım. Uyumaya uğraştım. İstirahata pek ihtiyacım vardı. Yine dalmışım. Güm güm oda kapıma vuruldu. Kalktım.

Ruşen Abla:

— Hu kızım! Nasılsın ayol? Kalkmadın da merak ettim! sorusuyla haykırıyordu.

Benim o geceyi nasıl geçirdiğim cidden meraka değerdi. Hâlâ niye kalkmadığımı da aşçı kadın ihtimal ki boğulduğuma yorarak endişe ediyordu.

Kapının sürmesini açtım. Arap içeri girdi, erkân minderine oturdu. Beni öyle ince bir gömlekle yarı çıplak, saçlar perişan, yüz göz karmakarışık, her tarafımdan yorgunluk akar bir takatsizlikte görünce:

— Ne oldun kuzum böyle? Seni ötekiler mi soydu?

— Hayır, kendim soyundum.

— Ay niçin? Sıkıntı mı bastı?

— Bu evi bu gece bir şeyler bastı ama ne olduğunu bilemiyorum.

Ruşen Abla telaşla gözlerini açarak:

— Ahu Baba'yı gördün mü Ahu Baba'yı!

— Destur Rabbim! O da kim?

— Aa, bilmiyor musun?

— Ne bileyim? Ben bu lanetli köşkün analarını babalarını hepsini tanıyacak kadar daha burada eskimedim ki.

— Ya Ahu Baba'yı görmedin de niye soyundun?

— Onu görünce hürmet ifadesi olarak soyunmak mı lazım?

— Görünce soyunsan da korkarsın, soyunmasan da...

— Ben onu hiç görmek istemem. Fakat görünüyorsa ne yapayım? Çekecek çilem varmış. Bu eve düştüm.

— O ay mehtabında çıkar. Evin içine girmez, dışarıda gezer. Sakın bahçeye bakma.

— Ne bahçeye baktım ne avluya. Yine de korkudan ölüyordum.

— Her akşam böyle soyunma. Belki onları kızdırırsın, üzerine hücum ederler.

— Mavili elbise giyme diye dün gece söyleyen sen değil misin?

— Ben söyledim. Mavi giymek onlara nispet vermektir.

— Şerlerine lanet! Onlara niye nispet vereyim? Entarimde mavi çizgiler vardı. Kızmasınlar diye çıkardım.

— İyi ettin, pek âlâ ettin. Bu akşam sana beyaz entari verelim de onu giy.

— Allah göstermesin! Bu akşam burada kalmak niyetinde değilim.

— Nereye gideceksin?

— Nereden geldimse oraya...

— Gidemezsin ki...

— Niçin?

— Periler izin vermezler de onun için.

— Periler benim kâhyam mı? Onlar ne karışırlar?

— Ah, tövbe de! Cahile bak.

— Ne yaptım ki tövbe edeyim?

— Daha ne yapacaksın? Onlar ne karışır denir mi hiç?

— Benim onlarla ne alışverişim var?

— Var elbette!..

— Neden?

— Sen bir gece burada kaldın. Onlara karıştın gitti. Nereye gitsen ellerinden kurtulamazsın. Dünyanın öbür ucuna gitsen arkandan gelirler.

— Çattık belaya desene... Hay Allah o Ayşe Hanım'ı kahretsin! Ben onlara karışmadım ve karışmak da istemem.

— Karıştın gitti diyorum sana...

— Karıştığımdan benim hiç haberim yok...

— Senin nereden haberin olacak? Acaba Çin-i Maçin perisine mi, Hint perisine mi, Gamgam'a mı yoksa Yosma Halil'e mi karıştın?..

— Korkutma beni abla! Bunlar nasıl isim? İlahi Ayşe Hanım, kör ol da sürün inşallah!

— Kız öyle beddua etme! Ayşe Hanım sana ne yaptı?

— Daha ne yapacak? Maksadı beni boğdurmaktıysa buraya getireceğine bir battal[1] kuyuya attırtaydı daha iyi ederdi.

— Dur bakalım. Periler herkese fenalık etmezler. Hoşlandıklarına pek büyük iyilik yaparlar. Bir lütuflarına uğrarsan sonra Ayşe Hanım'a dua edersin.

— Ya hoşlanmayıverirlerse?.. Öldürürler değil mi? Ben canımı sokakta bulmadım. Bir fenalık yapmasınlar da iyiliklerinden vazgeçtim.

— Kalk kalk! Onlar tembellikten hoşlanmazlar, temizlik isterler. Ortalığı sil süpür.

— Benim kolumu kaldıracak halim yok, bu koca viraneyi nasıl temizleyeyim? Onlar temizlik istiyorlarsa geceleri bizi rahat bıraksınlar da biraz uyuyup gündüzleri çalışabilelim.

— Buranın havası hafiftir, insan gündüzleri erken kalkar.

— Buranın gündüzleri hafif ama geceleri pek ağır... Adamı öldürüyor.

— Sana yaramadı mı?

— Hiç yaramadı. Her gece böyle kazlar, ördekler bağırır, atlar kişner, horozlar öter, yatağımı simitçi tablası gibi

1 (Burada) Kullanılmayan, metruk.

oradan oraya gezdirirlerse benim bir daha döşeğimden sağ kalkacağım şüphelidir. Çünkü orta yere serdiğim döşeğimi kapı dibine nakledilmiş buldum. Diğer bir akşam beni döşeğimle beraber uzaklara götürmeyecekleri ne malum?

— A deli! Çiftliktir burası, hiç horoz ötmez mi? Korkma ayol, seni uzaklara nereye götürecekler. Götürseler götürseler kırlara çıkarırlar. Dudullu'dan öteye götürmezler.

— Dudullu neresi? Rabbim, hiç işitmediğim yerler... Her yerde horoz öter ama böyle insanın döşeğinin içinde, kulağının dibinde mi öter?

— Canı nerede isterse orada öter. Sana bir fenalık yaptılar mı?

— Daha ne yapacaklar? Oda kapımı tekmelediler. Davul çaldılar. Haberim olmadan yatağımın yerini değiştirdiler.

— Ah iki gözüm, eğleniyorlar.

— Onlar eğleniyor ama bir de bana sor ne çektim! Hani ya boynuma taktığın muskanın hükmü nerede kaldı? O boynumdayken yanıma gelemeyeceklerdi... Nasıl geldiler?

— Kız sus! İtikatsızlık etme... O senin yanına girenler şer değil, hayır perileridir. Yattığın yerde uğrayacağını anlarlar da uğramasın diye, sana iyilik için yatağın yerini değiştirirler.

— Hayır perisi gece bir kadının yatağını oraya buraya sürümez. Verdiğin muskanın hükmü olmadı vesselam!

— Hay cahil hay! Üzerinde muska olmayaydı sen göreceğini görürdün. Bu sözlerimin doğruluğunu sonra anlarsın. Sakın muskayı üzerinden çıkarayım deme...

Biz böyle ablayla konuşuyorken Çeşmifelek Kalfa geldi. Şikâyetlerime o da ehemmiyet vermiyor, gülüyordu. O gün beni geri göndermeleri için çok yalvardım, ağladım, sızladım. Bunun mümkün olamayacağını anlattılar.

Nihayet kaderim böyle imiş dedim. Kurtuluşumdan, hayatımdan ümit keserek sustum. Gösterilen yerleri kalfanın tarifleri üzerine sildim, süpürdüm.

"Filan odaya girme! Başını sokup filan geçide bakma!

Şu kapıya yaklaşma! Bu duvarın önünden geçme! Köşkün kapalı kısımlarında sesler, çağırmalar, bağırmalar duyarsan cevap verme!" gibi birçok acayip tembihte bulundular. Bütün hareketlerim adeta düğümlendi. Adımımı nereye atacağımı, nereden yürüyeceğimi bilemeyerek sürtünmeye bile korkuyordum.

Akşam yaklaştı. Üçümüz de saçlarımızı çözdük, beyazlar giydik. Evet, bu tımarhane nizamnamesinin tayin ettiği kisveye ben de girdim. Tamamıyla onlara benzedim. Gece oldu. Yine çiftlik hayvanları bu şarkı hanelerinde ötüştüler, koşuştular. Yine birkaç defa tırnak sürtmek, göz kırpmamak gibi müşkül hareketleri yapmaya mecbur oldum. Denize düşen yılana sarılır sözü uyarınca maruz kaldığım bu tehlikelere karşı başka türlü bir korunma vasıtam olmadığından bu şekilde hareket etmek zorunda kalıyordum. Birkaç akşam sonra bana da bir alışkanlık geldi. Eski korkum azaldı. Vazifem ev işinden ziyade perilere hizmet etmekti. Bir yerde süprüntü bırakmayıp temizliyor, akşamları onlar için pek çok ağaç altına dökülecek şerbetleri kendim eziyor, tütsülerini veriyor, onları ağırlayarak bazı mahallere konulan kandillerini yakıyor, velhasıl neredeyse bütün işlerini ben görüyordum. Oradan kurtuluş ümidimin kalmadığını görünce perilere kendimi sevdirmeye uğraşmaktan başka bir çare olmadığını anladım. O gayretle çalışıyordum. Galiba biraz da cinlerin perilerin teveccühlerini kazandım. Çünkü geceleri nispeten tepemde az ötüşüyorlar, az tepişiyorlardı. Sabahları döşeğimi akşamdan sermiş olduğum yerde bularak biraz ferahlıyor, güvende hissediyordum.

Çeşmifelek Kalfa da Ruşen Abla da benim bu itaatkâr, çalışkan ve iyi halimden pek memnun oluyorlardı. Mümkün olabildiği kadar hoş geçinmeye çabalıyordum.

Perilerin hoşnutluğunu kazanmış olmaktan mütevellit bir nevi cüretle sular karardıktan yatacağımız zamana kadar orada burada dolaşabiliyor, fakat herkes yattıktan sonra odamdan çıkmak cesaretini henüz gösteremiyordum.

VIII
Muamma İçinde Muamma

Bir akşam yemekten sonra bir şey almak için orta kata çıktım. Girmenin yasak olmadığı odalardan birine girdim. Kulağıma derinden bir ses geldi. Bu bir kadın sesiydi, fakat ne Çeşmifelek'in ne de Ruşen'in sesi... Bütün bütün yabancı, o zamana kadar duymadığım bir avazdı.

Bu evde her ses, her pıtırtı, her gürültü perilerden biliniyordu. Bu ses de onların olacak. Lakin bu güne kadar işittiğim peri sesleri birtakım şamatalardan ibaretken bu açıkça bir şeyler söylüyordu. Ömrümde hiç peri lakırdısı duymadığım için ne söylediğini merak ettim. Acaba böyle bir merakın hükmüne uymak perilere karşı bir muhalefet midir? Bunları kızdırmayayım?.. Kalbim vurmaya başladı. Korkum çarpıntımı artırmıştı, fakat merakım da o nispette büyüktü. Perilerin kendilerine mahsus lisanları mı vardır? Bu gelen ses bağırma ile söylenme arasında tuhaf bir tarzdaydı. Bütün dikkatimle kulak verdim. Ay, Türkçe söylüyordu! Ses derinden geldiği için telaffuz edilen cümlelerin bazılarını anladım, işte şunlardı:

— ...Benim adım Şefika... Şefika... Şefika... Anamınki Refika... Refika... Refika... Babamınki Tayyar... Yaklaşma ha salar... Hurma dalı... Aktı balı... Yarın salı... Deli karı... Çıkar dilini... Salla belini... A... Deli deli tepeli, eski hamam küpeli... Âlemin aklını mezada çıkarmışlar da yine herkes kendininkini beğenip almış. Akılcığımı kimseninkine değişmem vallah... Bana deli diyenlerin dilerim bari Huda'dan tepeleri delinsin. Ne haddine, hele deli değilim de... Kıllarını say emriyle hemen koca pöstekiyi önüne korlar... Sonra seksen muamma sorarlar... Bir hünsa[1] varmış. Kâh erkekliği galip gelirmiş, kâh kadınlığı. Bu hünsanın bir tarafı erkekle öbür tarafı kadınla evlenmiş. Bu erkek kadın birbirine ne düşüyorlarmış? Elinin körü... Yeme beni... Yerim seni...

---

1 Hem erkek hem dişi üreme hücresi meydana getiren iki cinsiyetli, erdişi.

Çörekotu çömlek götü... Manda... Kıı... Küt... Pat... Geber yat... Aman etme darılırım... Gıdıklama bayılırım... Dayanamam sarılırım...

Bu saçmaları duyunca bütün bütün korktum. Entarim beyaz, saçlarım çözüktü. Büsbütün dağıttım. Perilerin gazaplarını teskin etmek için ceplerimde bir sürü kokulu otlar, tohumlar, üzerlikler taşıyordum. Bunları etrafıma serptim. Böyle tehlikeli anlarda tehlikeyi defetmek için bana öğretmiş oldukları "Turu kuşiyye" duasını o manasızlık ve uzunluğuna rağmen okumaya başladım. Bu işittiklerim bir hakikat miydi? Yoksa ben de çıldırmış veya çıldırıyor muydum? O kadar sakındığım halde galiba üzerlerine uğramıştım. O gaipten gelen sesin saçmalarını taklit için birdenbire içime bir heves doğdu. Ben de başladım: "Benim adım Muhsine... Muhsine... Muhsine... Anamınki Rasime... Rasime... Rasime... Babamınki Hızır, yaklaşma ha ısırır... Çörekotu falan filan... Aman etme darılırım. Gıdıklama bayılırım... Dayanamam sarılırım..."

Evet, ben de işte böyle saçmalarken yine durdum. Aklımı başıma toplamaya uğraştım. Besbelli bu bir cinnet başlangıcıydı. Ne olduğunu anlamak için kendimi, zihnimin halini bir tartmak istedim. Geçmiş anılarımdan bazılarını hatırlamaya başladım. Evvelden bildiğim bütün şeyleri yine yerli yerinde, cümleten aklımda buldum. Kendi zannıma göre henüz çıldırmamıştım. Fakat aklımı oynatmadığımı açıkça ispat için bu işittiğim saçmaların, öyle aynen duyduğum gibi, meçhul bir ağızdan çıkmış olduğunu araştırmak lazımdı. Evet, daha iyi işiterek şüpheyi defetmek, yanlış duymadığımı anlamak istiyordum. Şimdi nasıl edeyim?.. Bu evde pek keyfi hareket etmeye gelmez. Daima bir gözünü kör edeceksin, bir kulağını sağır. Ben iki gözümü, iki kulağımı da kör sağır ettim. Fakat bu garibeleri duymaktan kendini sakınmak mümkün mü? Eski hikâyelerde okunan peri sarayları gibi her delik ve kovuktan bir türlü ses çıkıyor. Elindeyse bunları işitme, dinleme... Haydi bakayım! Perileri gücendirmemeye mi uğraşırsın yoksa meraktan çıldırır mısın?

Düşündüm, düşündüm... Bütün damarlarımda galeyan eden şiddetli merak duygusunu yenemedim. Köşkün iki dairesini birbirine bağlayan bir geçit vardı. Elimde şamdanla oraya yürüdüm. Her adımda belki on desturla sonuna kadar gittim. Sonunda önüme bir kapı çıktı. Yokladım, sımsıkı kilitliydi. Kulak verdim, bir şey duyamayarak geri döndüm. Demin girdiğim odanın yanında bir oda daha vardı. Onun kapısını karıştırdım. Açıldı. Fakat bana edilen tembihlere göre katiyen yasaktı. Şamdanı içeri tutarak başımı uzattım: Bomboş, tozlu, koca bir oda... Bir "Turu kuşiyye" duası daha okuyarak bütün cesaretimi topladım. Zaten ben bu cinhanede ya çıldıracak veyahut bir gün perilerin hışımlarına uğrayarak geberecektim. Kokulu otlarımı serpe serpe içeri girdim. Ne peri vardı ne cin. Besbelli bana oyunlarını sonradan oynamak için ses çıkarmıyorlardı. Bütün dikkatimi kulaklarıma topladım. O ses işitiliyor, şimdi daha belirgin ve yakından geliyordu. Dinledim. Hep evvelce işittiğim saçmalara benzer şeyler. Bu ses köşkün hangi derinliklerinden geliyordu. Cesaretimi biraz daha ileri götürerek bir pencereye yaklaştım. Mumu yere bırakıp camın kanadını açtım. Bahçeye baktım. Bahçeyi ortadan ayıran yüksek duvarın tam üzerine nazır bir odada olduğumu anladım. Ortalık yeni ayın ışığıyla aydınlıktı; iri iri ağaçlar ürpertici, adeta korkunç birer manzara almışlardı. Orta katta bulunuyordum. Görebildiğim kadar köşkün cephesine bir göz gezdirdim. Şimdiye kadar içini görmediğim bu bölme bahçe pek esrarengiz bir yer, belki de perilerin daimi gezinti yeri, kumkuma mahalliydi.

Şimdi o ses bahçeden geliyor gibiydi. O saçmalar bütün açıklığıyla duyuluyordu. Dinledim:

— Benim adım Şefika... Babamınki Tayyar... Karaca üzümün kartlaşlanmamışçası... Ocak kıvılcımlandırıcılardan mısın, kapı gıcırdatıcılardan mısın? Ne ocak kıvılcımlandırıcılardanım, ne kapı gıcırdatıcılardanım. Bir berber bir berbere, bre berber, beri gel berber demiş. Şu köşe yaz köşesi, şu köşe kış köşesi, şu köşe yaz köşesi, şu köşe kış köşesi... Bir tarlaya kemeken ekmişler, iki kürkü yırtık kel kör kirpi dadanmış. Biri erkek kürkü yırtık kel kör kirpi. Öteki dişi kürkü yırtık kel kör kirpi. Kürkü yırtık erkek kel kör kirpinin yırtık kürkünü, kürkü yırtık dişi kel kör kirpinin yırtık kürküne, kürkü yırtık dişi kel kör kirpinin yırtık kürkünü, kürkü yırtık erkek kel kör kirpinin yırtık kürküne eklemişler... Kör olası melunlar, işte dersimi su gibi biliyorum! Benden daha ne soracaksınız? Dört deryanın deresini dört dergâhın derbendine devrederlerse, dört deryadan dört dert, dört dergâhtan dört dev çıkar... Ben bu hesabı sizin kadar bilemez miyim zannediyorsunuz? Pireli peyniri perhizli periler teperlerse pireli peynirler de pır pır pervaz ederler... Bana soracaklarınız işte bunlar değil mi? Sınıf geçmek gayretiyle çalışan bir talebe gibi ben bu imtihanı size her gün veriyorum. Beni buraya kapayıp malımın mülkümün üzerine oturdunuz. Hakkımı, bu esaretten kurtuluşumu talep edince bu saçmaları tekrar ettirerek beni çıldırtmaya uğraşıyorsunuz. Rabbimden dilerim benden beş beter olunuz! Zebani!.. Minare boyunla, ak sakalınla bu gece bana görünme, taşla kafanı yararım alimallah! Şeytan taşlaması sevaptır. Sen şeytanların Ahu Babasısın! Hani ya Salim? Hani ya Şevki? Şiş şişeyi şişlemiş, şişe keşişe şiş demiş!..

Çıldırmadığımı anlamak için kendimi bir iki defa daha yokladım. Bir berber bir berbere bir şey söylerken... Aman beri gel derken sonra ortaya bir yaz kış köşesi çıkıyor... Kürkü yırtık erkek kel kör kirpinin kürkünü... Yine böyle kürkü yırtık dişi kel kör kirpinin kürküne dikiyorlar mı, ekliyorlar mı? İnsanın zihni bu kel kör kirpinin dikenleri arasında tekerlenir, beyni karıncalanırken lakırdı pireli peynire dönüyor... O zaman adama bir bulantı geliyor. Midemde pireler hora tepiyorlar zannediyorum. Ne münasebetsiz bir imtihan bu! Bu köşkün perileri de kaçık galiba... Beni de böyle bir imtihana çekerlerse ne yaparım? Yok yok... Böyle bir imtihana liyakat ispatı için bu dergâhta eskimeli... Cinnette birkaç numara ilerleme göstermeli. Bu saçmalar boyna devam ediyordu. Hemen hemen manasız, dil dolaştırıcı bu tekerleme hezeyanları arasında manalı sözler, şikâyetler de vardı.

Artık kayıtlılarından olduğum tımarhane mi, cinhane mi, işte ne ise buranın sakinlerinden henüz yüzünü görmediğim bir zavallı daha varmış. Düşündüm, düşündüm. Bunun kim olduğunu keşfe uğraştım. Bizi getiren arabacının yolda söylediği sözler aklıma geldi. Herif, "O perili köşkte hanımefendi çıldırdı" demiş, Ayşe Hanım da "Hanımefendi İstanbul'da aklını bozdu da sonra oraya getirdiler" karşılığını vermişti. Nerede çıldırırsa çıldırsın, biçare kadını buraya kapamışlar. Kimseyle görüştürmüyorlar, yanından kuş uçurtmuyorlar. Acaba niçin? Bu kadının çıldırmış olduğuna şüphe yok. O saçmaları ders diye ezberleyip de imtihan vermeye uğraşması bunu ispat ediyor.

Kadıncağız "Malımın mülkümün üzerine oturdunuz," diyordu. Sonra saçmalar arasında iki isim zikretti: Şevki ile Salim. Bunlar kim? Bu evde hizmetçilerden başka erkek göremedim. Evin efendisi yahut beyi nerede? Arada bir kalfa ile ablanın ağızlarından "beyefendiler" sözünü işitiyordum, fakat köşkte bunların varlığına delil olacak bir işarete tesadüf edemedim.

Eğer o ses sandığım gibi çıldırmış hanımefendininse bedbaht kadın, "Zebani! Minare boyunla, ak sakalınla bu gece bana görünme! Sen şeytanların Ahu Babasısın!" diyordu. Demek bu köşkte minare boylu, ak sakallı bir Ahu Baba var. Bu Ahu Baba'nın dehşetinden bana Ruşen Kadın da bahsetmişti. Muamma içinde muamma...

Bu köşkte biraz daha oturup insanların da perilerin de sularınca gidersem çok şey öğreneceğim. Uzun müddet ortalıkta görünmemekle kalfa ile Arap'ın şüphelerini çekmemek için hemen camı kapadım. Şamdanı aldım. Yürüyeceğim esnada odanın boşluğu içinden kulağıma bir ses geldi, fakat bu ses deminki işittiğimden büsbütün başkaydı. İsmimle çağrılıyordum. Fena halde korkarak sükût ettim, sindim. Dinliyordum. İsmim birkaç defa daha çağrıldı. Ardından bir testi yahut sürahi dolduruluyorken kabadan tize doğru işitilen gulgulaya benzer bir sesle "Muhsine" adı birbirine ulanarak odanın dört köşesini dolaştıktan sonra, en ince perdesi hemen kulağımın dibinde tekerrür ederek söndü. Belimi duvara dayadım. Elimde mum, zangır zangır titriyordum. İsmimin odayı çepçevre dolaşmasını, korkunun şiddetiyle dışarı fırlamış gözlerimle takip ediyordum. Fakat yalnız ses duyuyor, bu sesin müsebbibi olan cismin gölgesini bile fark edemiyordum. Perilerin cism-i latif[1] olduklarına işte o zaman inandım.

Uğradığım şu peri bana Ruşen Abla'nın tarif ettiği iki türden hangisiydi? İyisi mi yoksa kötüsü mü? Ben şimdi Karagöz'ün "Kanlı Kavak" oyunundakilerin çarpıldıkları gibi insanlığımı kaybedip çirkin, kaba bir hayvana mı dönüşecektim yoksa çarpık endişeye, çağanoza dönüp kambur zambur bir şey mi olacaktım? Bana bin nasihat verdiler... Ah deli kahpe! Ne dedim de böyle yalnız başıma, tenha, tozlu odalara çıktım. Beni çarpsalar da hakları vardı...

Böyle büyük bir dönüşüm felaketi bekliyorken ansızın kulağımın yanında kalın, tok bir erkek sesi:

— Muhsine! dedi.

Ben de ne yaptığımı bilmez, ani ve deruni bir coşkuya tâbi olarak:

— Efendim! karşılığını verdim

O gaipten ses, fakat bu defa biraz uzaktan yine duyuldu:

— İmtihan olacaksın! Dersini ezberle...

— Peki efendim...

— Dikkat et! Yerdekilerin üzerlerine basma...

Aynı nokta ve aynı vaziyette bir hayli müddet bekledim. Artık bir şey işitilmedi. Sağlam bu gece perilere karıştım gitti... Emirlerine muhatap oldum, kabul cevabı verdim. Ruşen'in dediği işte şimdi tamamıyla oldu. İmtihan olacakmışım, dersimi ezberlemeliymişim... Hangi dersimi? Deminden duyduğum saçmaları mı? Demek ki ben adeta deli mülazımı yahut deli adayı oldum. O saçmaları ezberleyeceğim. İmtihanımı verdikten sonra cinnet ilminden şahadetname alacağım. Dergâhlarda çile dolduran dervişler gibi cinnette dedelik mertebesine erişeceğim. Bu rütbeye erdikten sonra herhangi bir tımarhaneye müracaatla şahadetnamemi gös-

---

1 Beş duyuyla kavranamayan melek, cin vb. şeyler.

tersem derhal benim için bir kabul hücresi açılacak! Düpedüz hakkıyla divane, şartıyla şurtuyla deli addolunacağım. Fena değil... Çeşmifelek ile Ruşen'in bu kadar zaman eremedikleri bir mertebeye nail olacağım. Galiba periler bende cinnete daha büyük istidat gördüler.

"Yerdekilere basma!" diye bir ihtar yapıldı. Bu yerdekiler kimler?.. Göze bir şey görünmüyor ki basıp basmadığımı bileyim? Allah bilir ya, bu yerdekiler Ruşen'in söylediği kötü cinlerden olacak. Bu uğradıklarım iyilerinden olmalılar ki kötülerinden sakınmamı tavsiye ediyorlar... Ben bunların iyilik ve kötülük derecelerini sonra anlayacağım.

İyi saatte olsunları kızdırmamak için emirlerine itaat lazım... Bu "iyi saatte olsunlar" tabiri onların neden resmi adı olmuş? Onlara niçin böyle deniyor? Maazallah, fena saatte olsalar dünyayı birbirine katarlar da onun için... Demek ki perilerin hayırsızına da hayırlısına da pek güvenmemeli, vakit geçirmeden dersimi ezberlemeli. Nasıl? Anamın babamın ismini söyleyerek kendimi tanıtmakla derse girişmeli. Sonra kapı gıcırtısından mı, kürkü yırtık kel kör kirpiden mi yoksa dört dergâhın bilmem kaç deresinden, derbendinden, derdinden, deryasından mı?..

Bu saçmaların en çok hoşuma gideni, "Aman etme darılırım. Gıdıklama bayılırım. Dayanamam sarılırım" nakaratıydı.

Ben böyle söylene söylene elimde mumla odadan çıktım. Artık imtihanı mükemmel vereceğime şüphem kalmadı. Her adımımda yerdekilerden birinin üzerine basacağım diye ödüm de kopuyordu.

IX
Ahu Baba yahut Gulyabani

Benim o evdeki itibarımın ketumluğuma dayandığını biliyorum. Bütün vazifem, perilere hizmet etmekle beraber, korku ve merak uyandıracak garip hallere rastladıkça araştırmaya teşebbüs etmemek veya etmez görünmekti. Bizimkilere bu işittiğim sesten, saçmalardan, perilerden aldığım talimattan katiyen bahsetmedim. Çünkü kalfa ile Ruşen Abla bana imtihandan falandan ve şimdiye kadar çalıştıkları saçma derslerinden kaç numara aldıklarından hiç söz açmamışlardı.

Bilakis itaatimi, hamaratlığımı, görünüşteki kayıtsızlığımı daha ileri götürdüm. Fakat delirmiş hanımefendinin geçirdiği esrarengiz hayatın, bu hapisliğin aslına vâkıf olmak için de meraktan çıldırıyordum. Benim için bu esrarın keşfine yardım edecek, o çıldırmış kadının sözlerinden başka şimdilik bir yol yoktu. Belki o saçmalar arasında işime yarayacak şümullü, manalı sözler, samimi itiraflar duyabilirdim.

Geceleri yatıncaya kadar kulaklarım girişte, zihnim hep hanımefendide olarak dolaşıyordum. Çünkü benim bu cinnet mektebine kabul kaydım yapılmış demekti, derse başlamıştım. O gaipten gelen ses, bana geceleri orada burada dolaşma diye emir vermedi, yalnız yerdekilere basmaktan sakınmamı tavsiye etti.

Bir akşam kulağıma o ses yine geldi. Hemen bir iş bahane ederek orta kata çıktım. Usulca o boş odaya girdim. Hanımefendi şöyle bağırıyordu:

— Yine mi geldin? İlahi, boyun posun devrilsin! Son gelişin olsun! Seni Ahu Babalar götürsün! Benden ne istiyorsun? Artık verecek bir şeyim yok. Bir lokma, bir hırkayla kaldım. Beni tek başıma bir odaya kapadınız. Bir Arap'la bir kakavan[1] Çerkez'den başka insan yüzü gördüğüm yok. Yıkıl oradan musibet! Defol zebella! Haydi, mezarlığına git... Ölü eti ye... Ben daha ölmedim. Dev hortlağı! Seni bana musallat edenler Mevla'dan bulsunlar. Leş yiyici! Çekil diyorum sana... Boğazına kor düşsün! Kemiklerini emmek için kaç delikanlıya, kaç taze kıza kıydın. Benim de iki tane gül gibi hizmetçimi götürdün. Köylüler bir gün seni inşallah kurşunlar, sopalarla gebertecekler. Yiyeceksen Şevki ile Salim'i ye. Onlar sana layık

---

1 (Burada) İhtiyarlamış, kocamış kadın.

gıdadır. Bakma öyle hain hain... İçeri gelemezsin. Yanımda En'am-ı Şerif[1] var. Dedemden kalma iki ağızlı Zülfikar yavrusu kılıç var. Gelme diyorum! Perilerin şahını çağırır, seni iki parça ettiririm. Gelme diyorum gulyabani! Ay, geliyor! Üstüme yürüyor... Eşim dostum koşun, beni bu zebaninin elinden kurtarın. Yetişin ölüyorum... Paralıyor... Bittim...

Tüylerim diken diken oldu. Acaba yine bunlar deli saçması mıydı yoksa sahiden kadının üstüne yürüyorlar mıydı? Zavallı hatun gül gibi iki hizmetçisinin kaybına hâlâ üzülüyor. Şimdi demek sıra bana geldi. Nerelere kaçayım, kimden yardım isteyeyim? Ev sahibesinin feryatlarına, yalvarışlarına bile kulak veren yok, beni kurtarmaya kim koşacak?..

Yalnız imtihana çalışmakla ben bu evden pek kolay canımı kurtaramayacağım. Cinlerin, perilerin iyileri ve kötülerinden başka, bir de bu gulyabani yahut nam-ı diğer Ahu Baba ne olacak? İşte bu pek fena, pek amansız bir musibet... Hanımefendinin haykırdığı şu cümleler kulağımdan çıkmıyor: "Defol zebella! Haydi mezarlığına git! Ölü eti ye! Hortlak! Leş yiyici... Kemiklerini emmek için kaç delikanlıya kıydın. Benim gül gibi iki hizmetçimi götürdün." O anda aklıma pek korkunç bir şey geldi. Bazı cin tutmuş hanlar hamamlar olur da oralara koyun, inek, manda gibi canlı hayvanlar adarlar. Seneden seneye bu adaklar verilir. Sakın bu gulyabaninin adağı da her sene bir insan olmasın?.. Hizmetçi kadınları buna adayarak yedirmesinler?.. Acaba ben oraya böyle bir adağa kurban edilmek için mi getirildim? İlahi Ayşe Hanım, artık aleyhinde edecek beddua bulamıyorum.

Dışarıda gündüz ışığı denecek kadar berrak, kuvvetli bir mehtap vardı. Işık dışarıdan bulunduğum odanın kapalı perdelerine aksederek içerisini bayağı aydınlatmıştı. Birdenbire perdelerin üzerinde korkunç cüsseli ve cidden minare denmeye layık boyda bir gölge gezindi. Ardından kalpleri titretecek, gümbürtüye benzer bir homurdanma oldu. Kor-

---

1 Kuran-ı Kerim'in altıncı suresi En'am ile çok okunan diğer bazı kısa surelerin olduğu, küçük boyda kitapçık.

kunun şiddetinden sıtma tutmuş gibi iki çenem takır takır birbirine vurmaya başladı.

Bedbaht kadının yardım çığlığı, bu dev boyunun dehşeti nispetinde yükseldi. Rüyada mı, hakikat âleminde miyim bilemiyorum. Her tarafımı bir kâbus sardı. Ne orada durmak ne de kaçmak cesaretini gösterebiliyordum.

Bütün kuvvetimle kendimi sarsmaya, adımımı atmaya uğraşırken gölge bir daha göründü. Son bir kendimi zorlayarak ve olanca avazımla başımı duvarlara, kapılara vurarak dışarıya koşacağım esnada, "Üzerime basma!" diye neredeyse ayaklarımın altından bir ses işittim. O kadar fenalaştım ki düşmemek için duvara dayandım. Yine o ses, "Yaslanma, şimdi seni çarparım!" diye devam etti. Aman Allahım, bu ne hal? Ne dehşet? Evvela ayaklarıma sonra yukarı tavana, duvarlara baktım. Meydanda bir şey yok. Gaipten muhtelif sesler gelmekteyken çıldırmış gibi kendimi dışarı atabildim. Hiç şüphe yok, artık bu defa kötülerine uğramıştım... Merdivenlerden tekerlene yuvarlana indim. En alt kattaki odaya bir kızıl mecnun[1] hücumuyla atıldım. Abla ile kalfa karşı karşıya oturuyorlardı. Benim bu korku ve telaşıma karşı ikisinin de hoşnutsuzlukla kaşları çatıldı. Hiç soğukkanlılıklarını bozmadan sordular:

— Ne var?

— Bu uğursuz perili köşkte ne olmaz!

— Canım ne var?

— Gündüz orta katta unuttuğum hırkamı almak için yukarı çıktım. Acı acı bir ses işittim. "Beni öldürüyorlar! Boğuyorlar!" diye biri bağırıyor. Ödüm koptu gitti.

İki kadın bakıştılar. Kalfa aynı soğukkanlılıkla dedi ki:

— Biz sana bu evin içinde gürültüler, sesler işitirsen telaş etme diye tembih etmedik mi?

Ruşen Abla azarlayarak:

— Öyle ya... Peri bunlar... İstedikleri zaman bağırırlar. Bu evin iyi saatte olsunlarla dolu olduğunu bilmiyor musun?

---

1 Kızıl mecnun: Aşırı derecede delirmiş, aklını tamamen kaybetmiş, kızıl deli.

— Hakikaten dolu. Nereye adımımı atsam "Üstüme basma!" tekdiriyle bağırıyorlar. Fakat uzaktan işittiğim o ses, peri sesi değildi. Sizin benim gibi bir kadın feryadıydı.

Ruşen Abla hiddetinden birkaç defa kalkıp oturarak:

— Ayol perilerin kadını yok mu? Sen onların sesi insan bağırmasına benzemez mi zannediyorsun? Cahil!

— Hayır, diyorum size bu peri, cin sesi değil. O da cinlerden şikâyet ediyor. "Yetişin, beni kurtarın! Hiç eşim dostum yok mu?" diye bağırıyor. Sizin zerre kadar merhametiniz yok mu? Bu kadın kimse imdadına koşalım. Biz baş edemezsek dışarıdaki heriflere haber verelim. Yüreğim parça parça oldu.

Beyazla Arap yine bakıştılar. Nihayet Çeşmifelek Kalfa merhametini gösterir dalgın bir simayla:

— Gidip bakayım bari...

Abla, yanımda ağzından kaçırdığı sözün ehemmiyetini tartmaya mâni bir öfkeyle:

— Nereye gideceksin canım! Ay mehtabında bağırdığı vakit yanına gitmeyin diye bize tembih etmediler mi? Bu gece Baba'nın gecesi. İşte o geldi. Zavallıcık öteki de korkusundan bağırıyor.

Kalfa — İki üç ayda bir doktor getirirlerdi. Hayli zaman oluyor ki onu da getirmediler. Merhametim bırakmıyor. Haydi Ruşen gidelim. Zavallı kadın ne halde bir görelim.

Ruşen — Ya sonra duyarlarsa bize ne yaparlar?

Kalfa — Kimden duyacaklar?

Ruşen beni işaretle:

— İşte bundan korkuyorum.

İkisi de şüpheli bakışlarla gözlerini bana diktiler. Ağlayarak hemen eteklerine kapanıp dedim ki:

— İki gözüm kalfalarım, benden hiç korkmayınız. Benim sizden başka insan yüzü gördüğüm var mı ki bu haneye ait esrarı ifşa edebileyim? Galiba benim bu evden dirim değil ölüm çıkacak... Nihayet Ahu Baba'yı gördüm. Aslını değil, gölgesini... Hay Yaradan'a sığındım! O ney boy, o ne pos! O ne kavuk! O ne sakal! Meretin gölgesi böyleyse kendisi nasıl olacak? Mezarlıkları dolaşmış, galiba dişine, midesine layık bir şey bulamamış, açlıktan kükreyip duruyor. Hanımefendinin tarifine göre melunun âdeti körpe vücutlarla karnını doyurmak olacak, ama bugün nasılsa aç kalmış da kartlığına bakmayarak biçare kadını yemek için üzerine hücum ediyor.

Ruşen — İşte iyi bildin. Biz sana söylemedik ama sen ferasetinle anladın. Bu eve gelenin dirisi çıkmaz. Fakat boşboğazlık etmezsen bir şey olmaz. Bu tehlike yalnız senin için değil, aynen bizim de başımızda... Dilimizi tutmazsak bizi de boğarlar. Kurtulmak bizim için de mümkün değil, ölünceye kadar perilerin dertlerini çekip hizmet edeceğiz. Ne yapalım, kaderimiz böyleymiş. Biz dilimizi yuttuk. İşte bak kaç senedir bize bir şey yapmıyorlar. Dilimizi yine tutarsak inşallah ecelimize kadar yaşarız. Buradaki cinlerin en korkuncu gulyabanidir. Bunun geldiğini, göründüğünü kimseye söylememeli. Bize öyle tembih ettiler. Sonra kendin bilirsin!

— Kim tembih etti abla?

— Orası lazım değil. Üstüne vazife olmayan şeyleri sorma.

Uzun bir istişareden sonra iki hizmetçi, bağıran kadının yanına gitmeye karar verdiler. Odadan çıkacakları esnada ayaklarına kapanıp dedim ki:

— Beni burada yalnız bırakmayınız, ben kendi kendime korkudan ölürüm. Ne olacaksam sizinle beraber olayım.

Bu ricama karşı Arap gözlerini açtı. Şiddetle itiraz ederek:

— Olmaz, olmaz! Allah esirgesin, hanımefendinin yanına seni götürmek olmaz.

Gözyaşlarımla ortalığı ıslatarak:

— Mademki ölümü dirimi bu eve adamış ben de sizin gibi bir fedaiyim, sadakatimden niye şüphe ediyorsunuz? Hayatımın ancak ketumluğumla devam ettiğini bilirken hiç verdiğiniz emre muhalif bir harekette bulunabilir miyim? Ben de geleyim. Size yardım ederim. Böyle tehlikeli zamanlarda çokluk kalbe kuvvet verir.

Ruşen ne düşündüğünü anlamak için Çeşmifelek'in yüzüne bakarak:

— Yeni hizmetçiyi yanına çıkardığımızı hanımefendi kendi söyleyiverirse?..

Kalfa düşünceli bir çehreyle:

— Deli desinler, ne derlerse desinler, benim hanımım çok akıllı, terbiyeli, ağır bir kadındır. Eminim o kimseye bir şey söylemez. Bizden başka bir insan yüzü daha gördüğüne memnun olur.

Ruşen biraz yumuşuyordu. Omuzlarını silkerek:

— Ben karışmam. Sen bilirsin. Sonra bir belaya uğrayıp da pişman olmayalım...

Kalfa — Zaten yeni hizmetçinin asla hanımefendinin yanına çıkarılmaması için bize bir emir yok. Haline tavrına dikkat edilecek; emniyet edilebilir, terbiyeli bir kadınsa o da bizim gibi her işe bakacak. Gulyabani çıktığı zaman hanımefendinin yanına gitmemiz hepimiz için yasak. Tembih böyle. Sebebini bilemiyorum ama bize verilen kati emir bu. Biz oraya çıkınca emre karşı hareket ediyoruz demektir. Muhsine'nin bizimle beraber çıkması, bu ikinci derece bir kabahat gibidir.

Ruşen şaşkınlığından iki tarafına sallanarak:

— Rabbim hayırlar versin! Alnımıza iyi yazılar yazsın. Ben artık bilmem... bilmem...

Kalfa — Bu kadının böyle feryadına nasıl can dayanır? Onu öldüreceklerse bizi de beraber öldürsünler. Ekmeğini yiyoruz. Haydi çıkalım. Vakit geçirmeyelim.

Ruşen — (Bana dönerek) Hanımımızı görsen çok hazzedersin. Ne kadar güzel konuşan bir kadındır. Her şeyi bilir. Âlimdir. Perilerin dillerinden bile anlar. Onlarla cin lisanıyla görüşür.

Kalfa şamdanı aldı, önümüze düştü. Biz de arkasından yürüdük. Gulyabaniden tiril tiril korkmakla beraber, hanımefendiyi, o zavallı kadını göreceğim için seviniyordum. Arkamıza Şah'la Şeytan da takıldı. Biz evde kaç can isek hepimiz toplanarak o bedbahtı kurtarmaya gidiyorduk.

X
Hanımefendiyi Ziyaret

İlk merdiveni çıktık. Sofayı yürüdükten sonra dar geçide girdik. Bunun sonuna gelince Çeşmifelek cebinden bir anahtar çıkararak kapıyı açtı. Yine bir sofaya girdik. Bir merdiven daha çıktık. Camlı bir kapıdan geçip yine bir sofaya geldik.

Şeytan birdenbire durdu. Elimizdeki şamdanın pek iyi aydınlatamadığı duvarlara, esrarengiz birer karaltı içinde görünen kapılara göz gezdirerek hırlamaya başladı. Ruşen usulca kulağıma:

— Bu akşam sessiz geziniyorlar. Şeytan onları hepimizden evvel duyar, dedi.

Bizim de beyaz entarilerimiz, kabarık saçlarımız, korkarak desturlarla attığımız uyumlu adımlarımızla perilerden kalır yerimiz yoktu. Onlara karışmış gibiydik. Şeytan'ın hırıltıyla uyardığı tehlike üzerine pesten hepimiz "Turu kuşiyye" duasına başladık. Kilitli bir kapı daha açıldı. Gölgelerimizden ürkerek yürüye yürüye hanımefendinin dairesine geldik. Kadının yardım çığlığı kesilmişti, hiç ses yoktu.

Kalfa buradaki üç odadan birini açtı, içeri girdik. İki mum yanıyordu. Odadaki eşya birbirine karışmış, alt üst hep alan taran olmuş. Orta yerde bir yatak... Yastıklardan biri çiçekliğin yanına, diğeri pencerenin önüne fırlatılmış. Çarşaf tortop döşeğin ortasında duruyor. Yorgan yükün önüne sürüklenmiş. Testi devrilmiş, akan sular yatağın etrafını ıslatmış. Pencerelerden birinin iki kanadı birden açılmış, perdesi koparılmış, sarkıyor. Fakat her tarafa bakındık, meydanda hanımefendi yok.

Çeşmifelek büyük bir telaşla mumu önüne doğru tutarak dışarı çıktı. Diğer odaları, helayı aradı. Kimseyi bulamadı. "Eyvah, kadınım yok!" diye dizlerini döverek çırpınmaya başladı. Kadının kayboluşuna dair bir işaret keşfedebilmek için etrafımıza bakınıyorduk. Yere atılmış bir hırka, yastık üzerinde bir mendil gördük. Kalfa bir matem sedasıyla:

— Bakınız, üstünden hırkasını da çıkarmışlar. Mendilciği de orada duruyor.

Üçümüzü de büyük bir korku ve dehşet aldı. Kadın nereye kaybolmuş? Demek periler bu evden istediklerini alıp götürüyorlar? Dairenin içini üçümüz birden bir daha dolaştık: Zavallı yok. Ortadan yok olmuş. Yarı can korkusu, yarı da hanıma acımanın tesiriyle hepimiz ağlamaya başladık. Çeşmifelek çırpına çırpına:

— Oldu mu bize olanlar! Hanımımı götürmüşler.

Gözyaşlarımı entarimin yenlerine silerek dedim ki:

— Zavallı hatunun yüzünü görmedim ama bu felaketine sizden fazla acıyorum. Aklını bozmuş bir kadın, bu perili konakta, seksen kilit altında hiç böyle günlerce saatlerce bir başına bırakılır mı? İnsanın çıldırmayacağı varsa da çıldırır. Artık olan olmuş, bin ağlasan para etmez. Bu günahın yarısı da sizindir.

— Ne yapalım, biz de emir kuluyuz.

Ben — Hanımefendinin ara sıra böyle kaybolup da yine döndüğü hiç oldu muydu?

Kalfa — Hayır, kaybolmaya ne lüzum var? Zaten daima perilerle beraber oturuyor. Onu buradan başka bir yere niçin götürsünler?

Ruşen — A, olur ya, olur ya... Belki gezmeye götürdüler. Kaf Dağı'nın arkasına seyrana çıkardılar. Kadının burada içi sıkılıp duruyordu.

Ben — Yok yok... Ahu Baba'yla aralarında geçen konuşmaya bakılırsa "yabani" zavallı hanımı gezmeye değil, adeta yemeye götürdü zannederim.

Ruşen — Öyle de olabilir... Biz onlar için daima kafeste keklik! Yiyecek başka bir şey bulamazlarsa aç duracak değiller ya, elbette bizimle karınlarını doyuracaklar.

Ben — Bunlar götürdükleri insanların cesetlerinden hiçbir tarafta bir iz bırakmazlar mı?

Ruşen — Öldürdükleri hizmetçilerden birinin kemikleri bulundu. Allah rahmet eylesin! Pek semiz, yağlı bir kadındı. Testi kebabı yapmışlar.

Ben — Pişirip de mi yiyorlar?

Ruşen — Aman her şeyi sorma öyle!

Abla yavaşça açık pencerenin önüne yaklaşıp dışarı bakarak:

— Bahçede gulyabani yok, gitmiş...

Kalfa — İnşallah son gidişi olsun. Hanımı işte o götürmüştür... Hiç şüphe yok...

Ruşen — Sus kalfa sus! Onlara her söz malum olur. Kızarsa şimdi gelir bizi de götürür.

Odanın ötesine berisine göz gezdirirken o aralık yük kapısının önünde bir çift terlik gördüm. Hemen bağırarak:

— Şurada terlikler var, kimin onlar?

Kalfa telaşla:

— Bizim hanımefendinin...

Çeşmifelek koşup yükü açtı:

— İşte burada! Burada baygın yatıyor. Zavallının betine benzine bakınız, limon sarısı kesilmiş. Vah biçare kadıncığım! Kim bilir ne büyük korkular geçirerek buracığa sığınmış.

Biz de yükün önüne koştuk. Katlanmış iki üç şiltenin üzerinde beli bükük, başı sarkık bir vaziyette, evin etiketi üzere beyaz entarili, çözük saçları yarı yarıya ağarmış, tombalakça, kırk beş elli yaşlarında bir kadın yatıyordu.

Vücudunda hareketten eser yoktu. Benzi o kadar uçmuş, sararmıştı ki diri yahut ölü olduğunu önce anlayamadık. Dişleri birbirine kenetlenmişti. Çeşmifelek, biçarenin sımsıkı yumulmuş ellerini kendi elleri içine alarak açmaya uğraştı. O zaman baygının vücudunda hafif bir titreme göründü, gözkapakları aralandı. Sağ olduğunu anlayarak hepimiz birden bir sevinç çığlığı kopardık.

Döşeği düzelttik. Bu yarı ölü vücudu kaldırarak yatağına naklettik. Sirke getirdik. Şakaklarına sürdük. Ağır ağır tekmil vücudunu ovmaya başladık.

Yavaş yavaş kendine geldi. Uzun bir ıstırabın canı tüketen yorgunluğuyla zor kıpırdayan gözlerini aheste aheste açtı. Hepimizi ayrı ayrı süzdü. Sonra bir şeyler mırıldandı, anlayamadık.

Şeytan birdenbire kapıya doğru bakarak hırıldamaya, Şah'ın gözleri ateş gibi parıldamaya başladı. Çok sürmedi, dış sofada bir curcunadır koptu. Hepimizin yüzü hanımefendinin benziyle aynı renk oldu. Ruşen dedi ki:

— Yine ötekileri hiddetlendirdik. Bu vakit gezinmemizi hiç istemezler. Hanımefendinin yardımına gelmemize de pek kızarlar. Bu kadının eti kemiği, tekmil vücudu onlarındır. Zavallıyı iyice zapt etmişler. Bu vücuda başka bir el dokunursa kıskanırlar. Besbelli görüşmek istiyorlar. Bizim burada bulunmamıza öfkeleri işte bundan dolayı...

Ben — Peri olsunlar, gulyabani olsunlar, ne olurlarsa olsunlar! Hanımefendi onların hepsinin velinimeti demektir. Çünkü cümlesi bu çiftliğe sığınmışlar. Uşak, hizmetçi işte ne bulurlarsa burada onunla karın doyuruyorlar. Nankörlük lazım değil! Kadıncağıza bu kadar eziyet günahtır. Bu cinler, bu Ahu Babalar için yarın ahrette sorgu sual yok mudur? Bunlar cennete cehenneme gitmez mi? Cenabıhak iki gözüm mademki bunları yaratmış, elbette amelleri için de bir hat, mükâfat ve ceza tayin edilmiştir.

Dışarıda sanki azgın boğalar böğürüyor, kudurmuş develer homurduyor, filler, aslanlar boğuşuyordu. Korkudan hemen sustum.

Şimdi biz baygını bıraktık kendi canımızın kaygısına düştük. Çeşmifelek aceleyle kapıları sürmeledi. Ruşen Abla cinlerin hiddetlerini teskin etmek için bildiği duaları okuyup etrafa üflüyordu. Bu dualar sanki onları bütün bütün kudurttu. Tos vurur gibi kapıları gümletmeye başladılar.

Kalfa da bir müddet duaya iştirak ettikten sonra:

— Bu gece dışarıya nasıl çıkacağız?

Ruşen — Rabbim bize acısın. Yardımcımız olsun.

XI
Samsam

Şamatanın evi sarsmakta olduğu bir anda hanımefendi gözlerini bütün bütün açtı, halsiz halsiz kalkmaya uğraşarak kuvvetsiz bir sesle:

— Odamda En'am-ı Şerif, üzerimde muskam var. Buraya kadar nasıl geliyorsunuz? Haydi dışarı, defolun! Şimdi deryalar padişahını bütün askerleriyle çağırırım.

Üçümüz de döşeğin etrafına dizildik. Kadıncağız son kuvvetini hançeresine toplayarak:

— Yaklaşmayınız diyorum size! Dün gece beni boğdunuz, işte yine dirildim. Kaç defa boğsanız öldüremezsiniz. Hazreti Pir'in izniyle yine dirilirim. Nafile uğraşmayınız. Ders verirsiniz ezberlerim, saçma talim edersiniz öğrenirim, mal isterseniz veririm. Her talebinize elimden geldiği kadar rıza gösteriyorum. Hepsine eyvallah diyorum. Perilerle, cinlerle kardeş oldum. Her şeye razıyım, fakat şu gulyabaniyi üzerime saldırmayınız. İşte bunu görmeye tahammül edemiyorum. Karnı açsa ona koyun verelim, öküz, manda takdim edelim... İnsan yemek vahşetinden vazgeçsin. Her sene ona fıstık gibi semiz, piliç gibi körpe bir hizmetçi nerede bulacağım? Kakavan Çeşmifelek ile aşçımız Ruşen'i kart diye beğenip yemiyor. Selamlıkta kâhya var, delikanlı uşaklar, rençperler var. Onları ye diyorum. Hayır, kör olasının merakı marya[1] yemek! İnsanın maryası tatlı olur.

Çeşmifelek Kalfa dokunaklı ve güven verici bir sesle:

— Hanımefendiciğim korkmayınız, üzülmeyiniz. Biziz efendim.

— Siz kimsiniz?

— Çeşmifelek cariyeniz, Ruşen bendeniz.

— Hah hah hay... Ne hadlerine! Gulyabani çıktığı gece onlar benim yanıma gelebilirler mi? Siz her kıyafete girersiniz. Çeşmifelek'in, Ruşen'in kılığına bürünüp karşıma çıktınız... Beni aldatıyorsunuz.

— Vallah değil hanımefendiciğim...

— Parmağını uzat bakayım. Sana verdiğim mühr-i Süleymanlı[2] yüzük duruyor mu? O yüzüğü onlar takamazlar.

Çeşmifelek parmağını uzattı. Kırmızı Yemen taşı üzerine girift yazılar işlenmiş koca bir yüzük gösterdi.

---

1 Dişi.

2 Süleyman Peygamber'in insan, cin, hayvan vb. varlıklara hükmetmesini sağlayan yüzüğü.

— Şimdi inandım. Sen Çeşmifelek'sin, öteki de Ruşen. Fakat bu üçüncüyü tanımıyorum. O kim?

Çeşmifelek'e vakit bırakmadan hemen cevap verdim:

— Çiftliğin adağı için bu sene kurbanlık getirilen yeni hizmetçiniz efendim...

Hanımefendi — Ah zavallı, gerçek mi?

Ben — Gerçek ya hanımefendiciğim.

Hanımefendi — Ruşen seni semirtmek için çok besliyor mu? Çok çok pilav, börek yediriyor mu? Çünkü Ruşen gulyabaninin mama dadısıdır.

Ruşen hemen söze atılarak:

— Aaa kadınım, niçin iftira ediyorsunuz? Ben efendimden, bir de dışarıdaki uşaklardan başka kime yemek pişiriyorum?

Hanımefendi — Uzun etme Arap! Öteki hizmetçilerimi sen besledin. "Bunlara bu kadar pilav, hamur işi yedirme. Butları kıçları büyüyor. Sonra ötekilerin ağızlarının sularını akıtırsın" diye ben sana seksen defa tembih etmedim mi?

Sonra hanımefendi gözlerini bana dikip dikkatli dikkatli süzerek:

— Vallahi bu kadın periye benziyor. Ne güzel hizmetçi! İnsanım diye sizi aldatıp içinize karışmış...

Döşeğe biraz daha yaklaşarak dedim ki:

— İki gözüm hanımefendiciğim, ben de sizin gibi insanım.

— Bak duvarda yeşil kese içinde En'am-ı Şerif var. Onu bulunduğu çividen al, öteki çiviye as. O zaman insan olduğunu anlayayım.

Uzandım. En'am-ı Şerif'i alarak diğer çiviye astım. O anda hanımın gözlerinde bir rahatlama belirerek:

— Anladım, insanmışsın. Çünkü periler ona el süremezler. A zavallı, bu cinli haneye seni kim gönderdi?

— Kaderimmiş... Nasılsa düştüm kadıncığım.

— Vah biçare, iyi bir kadın olmasan seni buraya kabul etmezler. Ne latif mahlûk... Seni çiğ çiğ yerler alimallah!

— Alnımın yazısı neyse başıma o gelecek efendim...

— Yanıma daha yaklaş. Yüzünü uzat bakayım.

Bu emre uymakta bir tehlike olup olmadığını anlamak için bizimkilerin yüzlerine baktım. Delidir, belki boğazıma sarılıverir diye korktum.

Uzat anlamında baş işareti ettiler. Uzattım. Yumuşak, beyaz elleriyle çenemi okşayarak:

— Ne güzel kadın, ne munis bakışı var. Boğulan hizmetçilerim bu kadar sevimli değildi. Rabbim kazadan saklasın. Bunu pek sevdim, dedi.

Hanımefendinin bu sözlerinde zerre kadar delilik alameti göremedim. Döşeği içinde belini düzeltip oturdu. Gözünü benden ayırmıyordu. Yavaş yavaş yüzüne daha çok sükûnet ve yumuşaklık geldi. Hep o tatlı bakışla devam etti:

— Sana verecek birkaç nasihatim var. Ağzını mühürlü bir torba gibi sıkı tut.

— Hanımefendiciğim kalfa ile abladan başka insan yüzü gördüğüm yok ki. Kime ne söyleyeceğim?..

Güldü. Bana daha fazla şefkatle bakarak:

— Onlar insan şekline girerek laf almak için adamın yanına gelirler. Birtakım şeyler sorarlar. Cinlerden perilerden şikâyet ettin mi işin bitti. Hele gulyabaniden bahsetmek hiç caiz değildir.

— Bu evde işte şu gördüğüm çehrelerden başka insan yok. Tanımadığım biri peyda olursa bunun peri olduğunu anlayarak tedbirli davranırım.

— Dışarıda çiftlik kâhyasıyla bekçi, bağcı, arabacı, rençper vesaire bir hayli erkek var. İşte onların şekillerine girerler. Katiyen aldanmamalı. Seni yedirmemeye uğraşırız... Şimdilik vücudun pek semiz değil. Onları imrendirecek kadar tombullaşmamaya gayret et. Bu evde insan yalnız börekle pilavla şişmez... Periler yel gibi, kulunç gibi adamın vücudunu kaplarlar, damarlarına yayılırlar. Romatizma gibi, sara gibi bazı hastalıklar girdikleri vücutları üfürüp şişirmezler mi?.. İyi saatte olsunlar, işte onlar da tıpkı öyledir...

Ben — Ah hanımefendiciğim, insan kendisi hiç hastalığa uğramak ister mi? Bu elde mi? Allah saklasın, bu köşkün perileri benim vücuduma yayılmaya kalkarlarsa ben onları nasıl men edebilirim?

Hanımefendi — Bu cihet bir dereceye kadar insanın elindedir. Bak senelerden beri Çeşmifelek'i semirtemediler. Çünkü üzerlerine uğramamak için son gayreti hiçbir vakit elden bırakmadı. Onlar vücuda yayılmazdan evvel insana ilan-ı aşk ederler...

Ben — Hay Rabbim saklasın!

Hanımefendi — Hem de kendilerini sevdirecek bir delikanlı kılığına girerek sevdalarını sunmaya kalkarlar...

Sonra ablaya dönerek:

— Ruşen pencereden, perde kenarından usulca dışarı baksana... O boyu devrilesi gulyabani gitmemiş mi?

Arap yavaşça bakarak:

— Oh, çok şükür gitmiş!

Hanımefendi dehşetinden iki elini yüzüne kapayarak:

— Aman Allahım, bu gece beni ne kadar korkuttu. Az kaldı helak oluyordum.

Kalfa — O kadar niye korktunuz iki gözüm...

Hanımefendi — Aa, o insan yiyici hortlaktan korkulmaz mı hiç?

Kalfa — O minare boyuyla bir yerlere sığamaz, evin içine giremez ki insana bir fenalık yapsın...

Hanımefendi — Evin içine giremez mi? Hay alık Çerkez hay! Pencereden elini uzatsa insanı kümesten tavuk kapar gibi çeker alır.

Hanımefendi ne haklı söylüyordu. Bunun deli olduğuna bin şahit lazımdı. O işittiğim saçmaları söyleyen bu kadın mıydı? Yoksa onlar da peri sesleri miydi? Yahut bu zavallı da aklı üzerine kâh gelip kâh giden delilerden midir? Tereddüde düştüm. Fakat bu bedbahtı o kadar sevdim, ona karşı o kadar şefkat duydum ki kendi kendime, "Ona ne olursa bana da olsun. Onu öldürürlerse beraber beni de öldürsünler!" dedim. Ayşe Hanım gelse de dönmemeye, bütün sadakatimle bu kadına kendimi vakfetmeye karar verdim ve bu kararım neticesi olarak dedim ki:

— Hanımefendiciğim! Nezaketinize, asil tavırlarınıza meftun, hayran oldum. Artık sizden hiç ayrılmayacağım. Fakat büyük bir ricam var, kabulünü istirham ederim.

Kaşlarını çatıp sordu:

— Nedir?

— Bu tehlikeli evde sizi tek başınıza bir odada bırakamam. Müsaade ediniz, yanınızda yatıp kalkayım.

Hazin bir tebessümle cevap verdi:

— İşte o olamaz...

— Niçin?

— Çünkü müsaade etmezler.

— Kimler?

— Malum ya, işte onlar... Cenabıhak öyle takdir etmiş. Ölünceye kadar benim çilem işte böyle dolacak.

— Müsaade etmiyorlarsa periler bu yasağı bizzat bana söylesinler...

— Olmaz kızım, olmaz... Sonra hayatın tehlikede kalır.

— Kalsın. Sizin için her tehlikeyi göze alırım.

Ben henüz iki günlük bir hizmetçiydim. Fedakârlık ve sadakat göstermekte bu kadar ileri varışım ötekilerin adeta hayret, biraz da hasetlerini celp etti. Kalfa ile abla evvela bana sonra da birbirine bakıştılar. Dış sofada gürültü azdı, azdı. Nihayet köy düğünü varmış gibi bir davul zurnadır başladı.

Ruşen dedi ki:

— Bu gece köşkü başımıza yıkacaklar. Acaba ne kabahat işledik? Davul zurna çalmaları iyi alamet değildir.

Ben — Neden ablacığım?

Ruşen — Canları düğün yapmak istiyor da işte ondan.

Ben — Aman bize sataşmasınlar da istedikleri kadar düğün dernek yapsınlar.

Ruşen — Yine evlenecek peri delikanlıları var galiba?..

Ben — Nemize lazım, evlensinler...

Ruşen — Nasıl nemize lazım? Onlar evlenirlerse insan kızı alırlar. Yine kim bilir içimizden hangimizi nikâhla isteyecekler?

Ben — Sus ablacığım, sus...

Hanımefendi — Bu davul zurna sana çalınıyor. Sen Arap'ın övünmesine bakma... Ruşen'le Çeşmifelek bu evin eski metalarıdır, periler artık onlara ilan-ı aşk ede ede usandı.

Ben — Hanımefendiciğim, beni korkutuyorsunuz. Ben erkeğin insanından bile hoşlanıp kocamla geçinemedim. Şimdi periye nasıl varacağım?..

Ruşen — Aman aman, susunuz, köşk yıkılıyor... (Sonra bana dönerek) Kız yoksa bu akşam onların tütsülerini yakıp şerbetlerini vermedin mi?

Evet, ben bu kabahati işlemiş, bu akşam tütsüyü şerbeti unutmuştum. Hemen kusurumu itiraf ederek:

— Ben günahımı saklamam. Bu akşam nasılsa bu mühim hizmeti görmeyi unutmuşum.

Arap gözlerini açtı:

— Bak onlar şakaya gelmezler. Sonra yalnız kendini değil hepimizi birden boğdurtursun. Hanımefendiye acırsan onların hizmetlerinde zerre kadar kusur etmemelisin ki biraz rahat eldim...

O aralık odanın açık penceresinde bir çıtırtı oldu. Başımı çevirdim. Bir de ne göreyim?.. Koyun póstekisi gibi tüylü, korkunç bir baş, cam gibi parlayan bir çift müthiş göz bize bakıyor. Ben hemen korkudan secde eder gibi yere kapandım. Ruşen Abla, "Salli helaleküm!.. Gaynü'l-inani... Turetü'l-mebal... Mafiş selâme fi'l-indi'l-harame... Def'ü'l-kazaya ve'l-belâya... Uhruç ya Samsam!" diye, şimdiye kadar hiç işitmediğim türden bir dua okumaya başladı.

Hanımefendinin arkası pencereye dönüktü. Sordu:

— Ne var?

Kalfa yavaşça:

— Samsam geldi, dedi.

Aman Rabbim, bu pösteki çehreli korkunç mahlûk, bu Samsam kimdi? İzdivacıma talip olacak peri delikanlılarından biri mi? Bana ilan-ı aşka mı geldi? Ya içeri girerse? O saate kadar gürültülerini patırtılarını işittim, fakat onlarla böyle yüz yüze, göz göze gelmemiştim.

Dışarıdaki davul zurnaya öyle bir hora eklendi ki güm güm, çatır çatır ev yıkılıyordu.

Hanımefendi pencereye doğru biraz başını döndürerek bunlara alıştığını gösterir ve neredeyse korkusuz denecek yumuşak bir dille:

— Ne var Samsam? Haydi çekil, korkuyoruz.

Borunun son kaba perdesine benzeyen, insanın bütün gözeneklerinde akisler, titreyişler peyda eden bir ses cevap verdi:

— Bora bora... Bom bom...

Hanımefendi bir şeyler okuyup başını birkaç defa göğsüne doğru üfleye üfleye çevirerek besbelli aynı lisandan olacak:

— Lara lara... Lon lon...

Ecinni hoplayarak birkaç hareketten sonra boru gibi şöyle öttü:

— Ro goro... gara goro...

Sonra ses kesildi. Başımı azıcık kaldırarak göz ucuyla pencereye doğru baktım. Oh, Yarabbi şükür, ecinni gitmiş!.. Bütün sinirlerim par par boşanmıştı. Korkudan ölecektim.

Ruşen sordu:

— Hanımefendiciğim, Samsam ne diyor?

Hanımefendi etrafa bir iki üflemeden sonra:

— "Herkes yerli yerine çekilsin!" diyor. Ben bilirim canım. Onlar benim yanımda insan bulunmasını istemezler.

Ruşen — Bir şeyler daha konuştunuz?..

Hanımefendi — Meclis ne vakit dedim? "Yarın akşam havuz başında" cevabını verdi.

Kadının böyle perilerle boru gibi konuştuğunu işitince artık kendisinin iyiden iyiye karışık olduğunu anladım. Bunun aklına da tamamıyla emniyet caiz değildi.

Artık kendimi tutamayarak:

— Hanımefendimiz, bu Samsam kimdir?

— Perilerin elçisi. Onlardan bize haber getirip götürür. Yüzü korkunçtur ama zararsız bir cindir.

— Yarın akşam havuz başında kurulacak meclise kimler gidecek?

— Hepimiz.

— Aman efendiciğim, beni götürmeyiniz, korkarım! Öteki hizmetçilerinizi havuz başında mı boğdular?

— Hani ya demin bana sadakat vaatleriyle büyük fedakârlıklar gösteriyordun? Haydi haydi, gidiniz. Bunların emirlerine o anda uymak lazımdır. Şimdi Samsam'la beraber Gamgam gelirse o belalıdır, söz anlatamayız...

Biz üç hizmetçi kalktık. El şamdanını yaktık. Dışarıda hora kıyamet kopuyordu. Sofaya nasıl çıkacaktık?

Ruşen, Samsam'ın gittiğine emin olmak için pencereye yaklaştı. Ben de korkunun arttırdığı büyük bir merakla Arap'ın arkasından gittim. Perde kenarından bahçeye baktım. Saf bir mehtap her tarafı gümüş gibi bir nura gark etmişti. Samsam gibi insanla hayvan arasında birkaç tüylü mahlûk ağaçların içinden upuzun bir şey götürüyorlardı. Çarpıntıdan oraya yığılakaldım. Kalfa arkamdan bağırdı:

— Kız bakma! Kendini boğdurtacak mısın? Sana kaç defa tembih edelim? Böyle şeyleri görmek, anlamak merakından vazgeç.

Baygın bir sesle sordum:

— Ah kalfacığım... Üçü dördü bir araya gelmiş ağaçların arasından uzun bir şey götürüyorlar. Acaba nedir?

Kalfa hiddetle:

— Bak hâlâ acaba nedir diyor? Bu merakı bırak diyoruz sana!

— Ben bunların ellerinden ölmesem bile meraktan öleceğim. Bu kadar garipliğin içinde bir şey merak etmeksizin nasıl yaşanır? Merak etmemeye uğraşıyorum, mümkün olmuyor.

— Eh, kendin bilirsin! Sen de sonra öteki hizmetçilerin yanlarına gidersin.

Hanımefendi telaşla:

— Haydi, lakırdıyı kesiniz! Gidiniz. Bana acımıyor musunuz?

Bu acıklı ihtar üzerine üçümüz birbirimize bakıştık. İçimizde en cesaretlimiz Ruşen Kadın'mış. O, mumu alarak önümüze düştü.

Yine tek başına ecinnilerin ellerine bıraktığımız felaketzede hanımefendiye, "Geceniz hayır olsun. Allah rahatlık versin" temennisinde bulunmak istiyor, fakat söylemeye bir türlü dilim varmıyordu. Böyle geceden hayır, rahat ummak biçareyi bir nevi alaya almak gibi geliyordu.

— Cenabıhak size sabır ve metanet versin. Bu belalardan yakında kurtarsın... dedim.

Yürüdük. Sofadaki cümbüş, bir düğün gecesinde kafaların büsbütün hararetlendiği son şamata devresini andırır bir raddeye gelmişti. Ruşen kendinden hiç umulmadık bir cesaretle çıkacağımız kapıya güm güm vurarak:

— Haydi, artık çekilin! Samsam geldi, emir getirdi. Herkes odasına gidecek! Bu patırtı nedir? diye bağırdı.

Şamata birdenbire kesildi. Demek ki periler bu hane halkına emirler verdikleri gibi kendileri de icabında insanlardan işittikleri tembihlere alçakgönüllülük göstererek itaat etme nezaketinde bulunuyorlar.

Dışarıya çıktık. Kimse yok. Ne ses var ne seda. Yalnız aşağıki sofadan geçerken Şeytan'ın hırlaması üzerine etrafıma bakındım. O tüylülerden bir ikisinin yan kapılardan kaçıştıklarını gördüm.

XII
Âşık Bir Peri

Kalfa orta katta kaldı. Biz Ruşen'le taşlığa indik. Odalarımıza çekildik. Bütün garabetleri arasında bu perilerin bir âdeti pek ziyade hayretimi celp ediyordu. Dört candan ibaret olan ev halkının topluca bir odada yatmamıza acaba neden müsaade etmiyorlar? Kendileri toplanıyorlar da her nedense insanların bir araya gelmesinden hoşlanmıyorlar. Bizi birer birer boğmak daha kolay olacağı için mi bu ihtiyata riayet ediyorlar?

Kapımı sürmeledim, döşeğimi serdim. Kandilimi yakıp yattım. Fakat uyumak ne mümkün! Samsam'ın o tüylü çehresi, cam gibi parlayan korkutucu bakışı gözümün önüne geliyor, hanımefendiyle o, "Garo... ron ron... bom bom..." diye yaptıkları dehşetli konuşmaları hâlâ kulaklarımda çınlıyordu. Kadın bu korkunç lisanı hangi görünmez mektepten ve hangi sihirli kitaptan öğrenmişti? Zavallının bu kadar acı veren garabetin ve tam bir esaretin içinde yaşadığı halde nasıl olup bütün bütün çıldırmayıp o yarım aklını hâlâ muhafaza edebildiğine şaşıyordum.

Bir gün gelip de bu meşum yerden benim için kurtuluş kabil olursa bu gördüklerimi kimseye söylemememi sıkı sıkıya tembih ediyorlardı. Ne beyhude nasihat! Bu şeyler kime söylenir? Söylersem zırdeli diye beni hemen tımarhaneye kaparlar.

Merdivenlerde bir koşuşma oldu. "Aman yine başlıyorlar!" dedim. Ben de titremeye başladım. O akşama kadar perilerle olan ilişkim hemen hemen görünmezdi. Fakat bu gece görünür bir devreye girdi. Onları bu gözlerimle, Ruşen'i, Çeşmifelek'i görür gibi şüphe götürmez bir gerçeklikte görmüştüm. Diğer gecelere nispeten korkum kat kat arttı. Şimdi o tüylüler pencerelerin önüne, odamın etrafına dolarlarsa ne yaparım? Hanımefendi gibi lisanlarını bilmiyorum ki yalvararak kötülüklerinden kurtulayım. Gürültü yine azdı.

Güzel bir erkek sesiyle bir mani başladı. Güftesi açık Türkçeydi. Şöyle bağırıyordu:

Ah Samsam seni
Bu gece sarsam seni
Sarmakla doyamam
Hap gibi yutsam seni

Zampara ağzı bir mani... Fakat o sondaki yutmak pisboğazlığı, sevgilisini çiğ çiğ yemek oburluğu böyle tabiatüstü işlere kadir bir cin ağzından çıkarsa hiçbir sevgili için hoşa gider şey değildi.

Cin hazretleri acaba bu zamparalığı kime yapıyor? Herhalde bana olmamalı. Çünkü benim izdivacıma onlardan bir talip olsaydı hanımefendinin odasındayken cinlerin elçisi Samsam geldiği vakit elbette buna dair bir haber getirirdi.

"Galiba bir delikanlı peri, kendi cinsinden bir hanıma cin usulünce ilan-ı aşk ediyor" dedim. O benim kalbimden geçen bu gizli düşünceyi keşfetmiş gibi yine mani makamıyla şöyle cevap verdi:

Yandı sana yüreğim
Muhsine ah meleğim
Tahammülüm kalmadı
Aç yorganı gireyim

Bu ilan-ı aşkın kendime olduğunu anlayınca bütün damarlarım korkudan şahlandı. Her tarafım birden trampet gibi vurmaya başladı. Bu cüretkâr âşığın aceleci teklifine karşı yatağın içinde döndüm, döndüm, sırığına sarılan kapı perdesi gibi yorganın ortasında adeta sımsıkı bir tomar oldum. Sevdası taşkın bu kuduz cine karşı kullanacak yorgandan başka bir müdafaa vasıtam yoktu. Bu belalı sevdalım maninin üçüncü bendine girişti:

Korkma benden güzelim
Çık bahçeye gezelim
Unut dünya gamını
Gel hemen sevişelim

Benden evvelki hizmetçilerin niçin boğulduklarını şimdi anladım. Her korkuya, her kaza belaya göğüs germek mümkündü, ama perilerin böyle mani makamıyla sevda felaketlerine uğramak, ırza, namusa musallat olmalarına karşı çaresiz rıza göstermek... Bu her türlü bela tasavvurunun üstünde bir dehşetti.

Küstah âşığım ateşli sesiyle, yine Âşık Ömervari niyaz inlemesine girişti:

Garibinim Şahsenem
Kara gözlü Muhsinem
Sade öpüp dişlerim
Billah seni yemem

İlk oburluğuna şimdi pişman olarak beni yemeyeceğine yemin ediyordu. Ama kim inanır! Korkumdan yalnız yorgana değil kabil olsa altımdaki şilteye, döşeğe de sarılıp dürülecek, kaplumbağa gibi hiçbir tarafımı dışarıda bırakmayacaktım.

Birdenbire gürültü kesildi. Harap köşkün bütün boşluğu derin sükûta daldı. İçimden yana yana, "Oh, Yarabbi şükür!" duasıyla bin hamd ü senaya başladım. Ter buram buram her tarafımdan sızıyor, yorganın içinde nefes alamıyor, boğuluyordum. Azıcık açınsam âşık perinin, "Aç yorganı gireyim" niyazına rıza göstermiş olacak, cin hemen koynuma giriverecek zannediyordum. Nefes alamaz, tahammülü imkânsız bir darlık halindeki bu döşek hapsim bir saat mi ne kadar sürdü bilemiyorum. Bayılacak derecede bunaldım. Ağzımı biraz dışarı çıkardım. Kıpırdadığımı sanki derhal hissettiler. Yükün içinden ince bir tambura sedası başladı:

Zım zım da zım zım
Zım zım da zım zım

Bu saz nağmesi açılışından sonra yine o deminki ses:

Ben periyim sen insan
Muhabbetime inan
Gel benim ol inat etme
Olursun sonra pişman

Zım zım da zım zım
Zım zım da zım zım

Aman Allahım, yer yarılsa da ta bulunmaz dibine kadar geçsem. Peri yaklaştı, niyaz sıklaştı. Derhal yine başımı çekip büzüldüm. Zımbırtı devam ediyor fakat ben yorganın altında koşma mıdır, mani midir nedir, bu beyitlerin manalarını anlayamıyordum. Eyvah! Pek müşkül durumda kalmıştım. Perinin âşıkane tehditlerini işitmemek de benim için pek tehlikeliydi. Bu tehditlere karşı elden geldiğince tedbir alabilmek beyitlerin anlamının tamamen duyulmasıyla mümkündü. Çaresiz titreye titreye başımı yorgandan yine çıkardım. Şair peri söylüyordu:

Sen bize hoş bakmadın
Tütsümüzü yakmadın
Hani ya şerbetimiz?
Bizden niye korkmadın?

Zım zım da zım zım
Zım zım da zım zım

Bu kabahatimi yüz bin kere itiraf ederim. Ne dedim de tütsülerini, şerbetlerini bu akşam vermedim. Geldim geleli beni görmezden geliyorlar, böyle şiddet göstermiyorlardı. Bir kabahatle işin bu kadar tehlikeli bir hal alacağını nereden bileyim? Bu kusurumu nasıl affettirmeli?

Bana en fazla dehşet veren şey, sesin yükten gelmesiydi. Demek ben hanımefendinin odasındayken peri gelip yüke gizlenmiş! Fakat nasıl olur? Döşeğimi almak için bunu açtığımda içinde kimsecikler yoktu... Böyle eli tamburalı bir mahlûk bulunsaydı görmez miydim? Cin peri pazarı bu! Onlara kilit, kürek olmazmış. Canları nereyi isterse girip çıkarlarmış. Dehşet mi dehşet!

Birdenbire peri sazının mızrabında bir şiddet peyda oldu. Nağmenin perdesi yükseldi:

Aşktan inliyorum
Çık döşekten diyorum
Kollarım açık kaldı
Çabuk ol bekliyorum

Zım zım da zım zım
Zım zım da zım zım

Bu perinin elinden nerelere sığınayım yarabbim! Vücudumu baştan ayağa titreme aldı. Artık nezaket sınırlarını aşan bu âşıkane davete hangi kuvvetle karşılık vereceğim? Perinin hiddeti gittikçe artıyordu:

Naza yoktur yüzümüz
Dinlenmeli sözümüz
Biz ne canlara kıydık
Seni de öldürürüz!

Zım zım da zım zım
Zım zım da zım zım

Odanın hafif bir kandil ışığıyla gölgeler oynatan loşluğu, gözümde bir dehşetin ta kendisi kesildi. Yine yorgan istihkâmı altına çekildim. Yükte gürültü azdıkça azdı. Artık bu tehditkâr beyitleri bir süre dinlemedim. Üzerime peri ağırlıkları çöküyor, yorganımın içinde beni oradan buraya didikliyorlar, çimdikliyorlar zannediyordum.

Bu kadar korkuya bir insanın tahammül derecesini tecrübe ederek hayrette kalıyordum. Ben şimdiye kadar niçin bayılmadım, niçin ölmedim?

Tambura zımzımı duvarları inletiyor. Öfkeli peri bir boğa gibi bağırıyordu. Bu besteli güfteli tehditlerin anlamını dinlemek bir bela, dinlememek daha fena... Öleceksem bari etrafımda neler olduğunu görerek, bilerek öleyim dedim. Başımı yine çıkardım. Kudurmuş âşık, bu yamyamca muhabbetinin son şiddetli mısralarına gelmişti:

Gamgam'a söyleyelim
Haydi hücum edelim
Bizden korku duymuyor
Şu kahpeyi yiyelim

Vücudumdaki terler şimdi soğudu. Kendimi yorganın içinde buz cenderesinde zannediyordum. Perilerin işkenceleri üzerimde gerçekten başlamış gibi inleyerek döşeğin içinde dönmeye başladım. O esnada pat diye yükün iki kapısı birden açılmaz mı! Baygın baygın bakakaldım. Ölüm anında bir insanın ecelini karşısında boylu boyunca görmesi gibi, gözüm o tüylülerden birine ilişti. Müthiş iri bir baş, bana karşı bu ürpertici serzenişle sallanıyordu. Gözlerinin cehennemi andıran ateşinde ta havadaki kuşları zehirli ağzına düşüren yılanların sihirli gücü vardı. O korkunç boru sesiyle:

— Laro, gara, goron... dedi.

Bu manasız heceler, bunları ilk işittiğimden belki bin kat daha dehşetli bir tesirle beynimde öttü. Zihnimi zedeledi. Ben yavaş yavaş uyuşuyor, kendimden geçiyor, hiçliğe gömülüyordum. Adeta her bir zerrem havaya dağılıyor, çözülüyor, bitiyordu.

Bütün asabımın, hayatımın üzerine ölüm sisleri çökmeye başladığı bu anda bir takırtı daha oldu. Baktım yük kapısı kapanmış, zebani çekilmiş. Bir iki geniş nefes almaya uğraşarak, "Oh!" dedim, "Galiba bu kadar tehdidi kâfi gördüler."

XIII
Periyle Görüşme

Bir canavarın ağzına düşerek nasılsa baygın kurtulan bir av gibi korkudan her tarafım felçli zannolunacak kadar dermansız bir haldeydim. Kendimin hayatta mı ölümde mi, nerede olduğumu pek açıkça seçemiyordum. Ölmediğimi cidden anlamak için biraz davranmaya, kımıldamaya, kendimi yoklamaya, tecrübeye ihtiyacım vardı. Dirseklerimin üzerinde sürüklenerek doğrulmaya uğraştım. Düştüğüm acayip hali anlamak için dalgın dalgın, halsiz ve korkarak etrafıma bakınırken "küt" diye yükün kapısı bir daha açıldı. Evvelki dehşette bir korku nöbeti daha geçirmeye vücudumda takat, asabımda mukavemet kalmamıştı. Görmemek için iki avucumla hemen yüzümü kapadım.

Bu defa o anlaşılmaz, "Laro, gara, goron" lisanına karşılık gevrek, genç bir erkek sesi işitildi:

— Elmasım hiç korkma! O menhus perileri hep savdım, seni kurtarmaya geldim, diyordu...

Bu beklenmedik teminat üzerine parmaklarımı aralayarak baktım. Yükün içinde poturlu, mintanlı, köylü kıyafetli, gürbüz, yakışıklı, sevimli bir delikanlı duruyor. Yine tekrar etti:

— Benden sana bir fenalık gelmeyeceğine emin ol.

Bu ifadede öyle bir tatlılık ve şirinlik vardı ki o köşkteki cinlerin hunharlıklarından şüphesiz emin olduğum halde yine bu ses zavallı, yorgun, tahammülü kalmamış, uyuşuk dimağıma iksir gibi iyi geliyordu. Fakat teminatına katiyen inanmıyordum. Şimdi, cevap vereyim mi, vermeyeyim mi? Ne yapayım? Sözüne karşılık versem daha büyük bir derde girmiş mi olurum? Büsbütün sükût etsem kızdırmış mı bulunurum? O andaki zihni durumumun halletmeye muktedir olamayacağı mühim bir muamma!

Delikanlı tatlı bir tebessümle:

— Korkma güzelim. Üzülme şekerim. Hasan sana kurban olsun! Ben canımı feda ederim, senin bir kılına zarar gelmesini istemem.

Tuhaf şey... Bunun adı Samsam, Gamgam, Yamyam değilmiş de Hasan'mış. Aaa, tövbeler olsun inanmam! Beni kandıracak. O peri, onun aklı var da sanki benim yok öyle mi? Besbelli beni söyletip bir tuzağa düşürecek. Azıcık daha dişimi sıkıp lakırdı etmeyeyim dedim. O, sesini daha da tatlılaştırarak:

— İnat etme ah canım! Bu geçen dakikaların her birinin senin için ne kadar tehlikeli olduğunu bilsen, bir saniye sükût etmezsin.

Acaba doğru mu söylüyordu? Perilerle konuşmakta bir tehlike yok muydu? Sözlerine cevap versem de vermesem de ben bir kere bunların ellerine düşmüştüm. Bana istediklerini yapmalarına ne mâni vardı?

Yine o ses bütün tatlılığıyla devam etti:

— Ben sana düşman değil büyük bir dostum. Seni kurtarmak için kendimi ne dehşetli bir tehlikeye attığımı bilsen cevap vermekte hiç tereddüt etmezsin.

Sözlerinde tesirinden kurtulunamaz bir ikna kuvveti vardı. Kendi kendime dedim ki, "Katiyen inat da fena... Şimdi bu peri hiddetlenip de yine birdenbire o tüylü, korkutucu şekline dönerse beni bütün bütün dehşet alır. Bu anda insan görünen şu mahlûku ifrite dönüştürmeyeyim..."

Ricasında devamla:

— Ben de senin gibi insanım. Niye korkuyorsun?

Artık dayanamadım. Korkudan boğulurcasına titrek bir sesle dedim ki:

— Her sözüne inanırım. Yalnız insan olduğuna beni inandırmazsın.

— Neden? Şeklimde insandan başka bir şeye benzer bir hal var mı?

— Şimdilik yok. Fakat canın isterse yine birkaç dakika evvelki tüylü, korkunç, o insan yiyici şekline geçebilirsin.

— O deminki tüylü, tehlikeli bir cindi. Ben o değilim.

— Ya sen kimsin?

— Hasan!

— Hasan kim?

— Hasan'ı bilmiyor musun?

— Ben ne Hasan'ı biliyorum, ne Hüseyin'i...

— Çiftlik uşaklarından Hasan, her gün sizin işinizi gören sadık Hasan.

— Benim çiftlik uşaklarıyla bir münasebetim yok. Hiçbirinin yüzünü tanımam.

— İnanmazsan yarın araştır... Gel bahçe kapısının aralığından dışarıya bak. Beni şimdi gördüğün gibi yine aynen böyle görürsün.

— Affedersin, bu sözlerine inanamam...

— Rica ederim inan. Seni ne şekilde istersen temin edeyim.

— Nafile, inanmam...

— Hasan'ın mevcudiyeti yarın gözünün önünde ortaya çıksa inanır mısın?

— Yine inanmam...

— Niçin?

— Çünkü belki çiftlikte senin bu şekline tamamıyla denk bir Hasan vardır. Fakat onun kılığına girmen senin için güç bir iş midir?

— İnan Muhsineciğim, inan... Ben cin değilim.

— Cin değilsin de böyle kapılar bacalar kilitli, sürmeli olan bir evde birdenbire yükün içinden nasıl zuhur ettin?

— İlk görüşmemde her sırrımı sana söylersem olmaz, benim cin olmadığıma itimat et. Ben senin fedakâr bir dostunum. Seni kurtarmaya geldim.

— Ya deminden "Kahpe seni yiyeceğim" güftesiyle mani söyleyen sen değil misin?

— Ben değilim...

— Ya onlar kim?

— Bu evin perileri...

— Bu evin perileri benden ne istiyorlar?

— İstedikleri pek dehşetli...

— Aman beni korkutma!

— Korkutmamak istiyorum ama hakikati bilmen gerekiyor da onun için söylüyorum...

— Benden ne istiyorlar? Çabuk söyle!

— Bu köşkün erkek perileri tekmil irili ufaklı sana âşık olmuşlar. Aralarında şiddetli bir rekabet başlamış. O diyor "Muhsine benim olacak", öteki diyor "Benim olacak!" Seni bir türlü aralarında paylaşamıyorlar. Ben de bu cin rakiplerimin topuna birden meydan okuyarak diyorum ki "Hayır, hiçbirinizin olmayacak, benim olacak! Çünkü ben de onun gibi bir insanım. O ancak bana layıktır." Şimdi tehlikenin büyüklüğünü anladın mı?

— Anladım. Ben sizin hiçbirinizi sevmiyorum. Beni böyle üzüntüler, korkular, işkencelerle öldüreceğinize birdenbire gebertiverin de kurtulayım. Çünkü şu uğursuz köşke adım attım atalı geçirdiğim vartaları, çektiğim üzüntüleri bir ben bilirim, bir de Mevla.

— Benim sana olan muhabbetim yerden göğe kadar büyüktür. Dünyalara sığmaz derecede çoktur. Seni kurtarmak için hiçbir tehlikeyi göze almaktan çekinmem. Benim de senin gibi bir insan evladı insan olduğuma bütünüyle kanaat ettikten sonra benim olmaz mısın? Bak, beğenilmeyecek, sevilmeyecek bir delikanlı değilim...

— Sen insansın da böyle büyük bir aşk meselesinde perilerle nasıl rekabete girişebilirsin?

— Ben konağın perilerini çok iyi tanırım. Onların da puntları, zayıf tarafları vardır. Ben de onlara pek büyük müşkülat çıkarır, pek mühim oyunlar oynayabilirim.

— Perilerle olsun, insanlarla olsun... Cenabıhak bana haram muhabbeti nasip etmesin. Ölümüme razıyım.

— Ben sana haram muhabbet teklif etmiyorum. Nikâhımız kıyıldıktan sonra sen benim olacaksın.

— Nikâhımız nerede kıyılacak? Havuz başında perilerin imam muhtarıyla mı?

— Hayır, köyde. Halkın huzurunda. Başı sarıklı, Kuran hafızı bir imam aracılığıyla... Şer'i usullere göre...

Hakikaten karşımda bu sözleri söyleyen sevilmeyecek bir delikanlı değildi. Dünyada pek az kadın onun yumuşak sesine, tatlı bakışlarına, cazip tavırlarına mukavemet gösterebilirdi. Peri olmadığı hakkındaki şüphem külliyen yok olmuş olsaydı benim ona yüreğim çoktan ısınmıştı. Ben müthiş bir tehlike içindeydim. Beni kurtarmak için canını fedaya söz veriyordu. Denize düşen yılana sarılır derler. Böyle tehlikeli anlarda ehven-i şeri[1] seçmek zaruridir. Benim de kimsem yok. Ahvali meçhul, ahlaklı ahlaksız evlerde hizmetçiliklerde geziyor, türlü tehlikeler geçiriyordum. Peri şüphesi olmayıp da alelade bir zamanda böyle bir delikanlı izdivacıma talip olsaydı derhal kabul ederdim. Ne yalan söyleyeyim, düşünmeye başladım. Bir müddet sükûtla geçti. Benim biraz yumuşadığımı anladı. İkna kuvvetini artırmak için sesini daha da tatlılaştırarak:

— Düşünme gülüm... İki gözüm... Bütün ömrünce Hasan sana bir köle olacaktır. Bu kulluğumu kabul et...

---

1 Ehven-i şer: Kötü olanların içinde en iyi seçenek.

Bu güzel delikanlı, bu mert bakışlı çocuk peri midir, insan mıdır? Bunu kesin olarak nasıl anlayayım? Bu hakikati kestirmek benim için pek mühim, pek elzemdi. Çünkü ona göre işi idare edecektim. İzdivacına rıza göstersem, bir periyle nişanlanmak kim bilir sonradan ne büyük felaketlere yol açar. Kesinlikle reddetsem şüphesiz bundan da birtakım belalar ortaya çıkacak. Köşkün bütün erkek perileri bana âşık olmuş... Ben bu kadar güzel miyim? İnsanlardan kapalı olan bahtım perilerden açıldı. Hayırdır inşallah, başıma neler gelecek! Hep birden beni neden beğenmişler? Hay beğenemez olaydılar! Cinlerin benim için böyle şiddetli bir aşk rekabetine düşmeleri pek hayır umulacak bir şey değil. Bu ne garip tecelli! Bu ne meşum talih! Bu bir tanesi beni ötekilerin sevda gazaplarından kurtaracak. Peri de olsa canım kendisini pek sevdi. Bütün cesaretimi toplayarak dedim ki:

— Sen periysen size her şey malumdur. Gönlümden geçenleri anlamakta güçlük çekmezsin. Senden hoşlandım. Allah'ın emri, peygamberin kavliyle varmaya da belki razı olurum...

Delikanlı iki kolunu aşk sarhoşluğuyla açarak:

— Bana dünyalar bahşettin! Ne söylesem, ne yapsam bu lütfunun şükrünü ifa etmiş olamam.

Sonra iki kolunu omuzlarına doğru çapraz kavuşturdu. Hayali bir sevgiliye sımsıkı sarılır gibi yaparak sanki izdivaçtan sonra beni öyle kucaklayacağını anlattı.

Bu garip sözleşmeyi müteakiben bir müddet konuşmadan birbirimizle bakıştık. Âşığımın bana fırlattığı büyülenmişçesine bakışlarda derin bir muhabbet görüyordum. Dedim ki:

— İşte söz kestik. Benden daha ne istiyorsun?

— Senden büyük bir ricam var.

— Nedir?

— Biraz yanına geleyim, yakından görüşelim.

Âşığım yüz buldu, astarını da istiyor. Bu teklife karşı ben yine pirelendim. Böyle karşıdan görüşmek daha hoş değil mi? Niçin yanıma gelmek istiyor? Fakat bu müsaade talebi büyük bir nezaket eseriydi. Vahşi bir cinin müsaadesiz yanıma gelmesine ne mâni vardır? Ben de terbiyeli davranmaya uğraşarak:

— Henüz birbirimize karşı namahrem sayılırız. İzdivaç kararımız verilmiş olmakla beraber yine yabancı bir erkekle o kadar yakından görüşmek istemem. Beni mazur gör. Bu talebinde ısrar etme. Yanıma gelebilmekte senin için hiçbir mâni yokken böyle müsaade istemek nezaketinde bulunuşuna teşekkür ederim.

— Ben sana her şeyi doğru söylemek isterim. Bu gece yanına gelmek arzusuyla çıldırsam da yine sana yaklaşamam. Bu senin elindedir.

— Neden?

— Yanına gelebilmemi istiyorsan boynundan o muskayı çıkar, bahçeye at! O duvardaki levhayı oradan kaldır.

Yine korkudan gözlerim faltaşı gibi açıldı. Karşımdaki delikanlının o şekle girmiş, beni iğfale çalışan kuduz bir cin olduğuna artık şüphem kalmadı. Ah deli kahpe, ne dedim de düşünmeden buna izdivaç vaadinde bulundum. Habis o kadar benim hoşlanacağım bir delikanlı şekline girmiş ki nihayet fiilen değilse de sözle beni iğfale muvaffak oldu. Büyük bir pişmanlık kederiyle dedim ki:

— Cenabıhak bana acıdı da karşımda külliyen aslını gizleyebilmene müsaade eylemedi. Artık nazarımda mahiyetin kesinlikle anlaşıldı. Çekil oradan, geldiğin yere git! İnşallah melekler sizi Kaf Dağı'nın arkasına sürerler.

— Sen bana varmaya bir kere söz verdin. Artık elimden kurtulamazsın!

— Ben seni insan sanarak söz verdim. Peri olduğun ortaya çıktıktan sonra vermiş olduğum sözün ne hükmü olabilir?

— Bu arzumdan vazgeçmem. Sen benim karım olacaksın. Artık ellerimdesin.

— Bir periyle bir insanın izdivacı nerede görülmüş?

— Çoooook...

— Ben bilmiyorum...

— Bilmiyorsan ben öğreteyim. Cin tutmuş birçok kadın vardır. Hekimlere gösterirler, hocalara okuturlar. Bir türlü dertlerinin devası bulunmaz. İşte onlar hep bir periye zevce olmuş zavallılardır. Bizim hanımefendi niye çıldırdı? Bir cine vardı da ondan... Geceleri yanında kimseyi istemez. Odada peri kocasıyla yatar da onun için. Çeşmifelek Kalfa'nın da Ruşen Kadın'ın da birer peri âşıkları vardır. Buradaki kadınlar hep birer cinin himayesi altında korunabilirler. Bu cinhanede başka türlü yaşayabilmek kabil değildir. Ben de senin erkeğin olayım. Haydi nazlanma! Boynundan muskayı çıkar. Bak ortalık ağarıyor. Artık burada duramam.

— Ben kendi cinsim olan insanlarla bile gayrimeşru münasebette bulunmadım da seninle mi bulunacağım? Kırk yıl yalvarsan boynumdan muskayı çıkarmam.

— Kendin bilirsin... Seni de bir gece bu evde kurban giden iki hizmetçi kadın gibi boğuverirler...

— Çok şükür benim boynumda muskam var.

— Muskaya o kadar güvenme! O boğulanların da muskaları vardı. Muskaların da tesirinin yok olduğu anlar, saatler gelir.

— Boğulmayı böyle bir teklifi kabule tercih ederim.

— Anladım, sen yola geleceksin! Fakat biraz geç... biraz güç olacak...

Muskamın manevi gücüne sığınarak:

— Haydi oradan hoşt!.. Köpek!

— Biz öyle bir iki hoşt kıştla darılıp fikrimizden dönmeyiz... Bu gece razı olmazsan Allah'ın gecesi çok... dedi.

"Tırank" diye yük kapısı kapandı. Karşımda kimse kalmadı. Etrafıma bakındım. Odanın perdeleri şafağın nuruyla ağarmış. Hafif bir ışık gecenin karanlığını mağlup ederek yayılıyor. Bu geçirdiğim hal neydi? Rüya mı, kâbus mu, hakikat mi?..

Korkudan, helecandan o kadar bitap düştüm ki gündüzün güven verici nuru yavaş yavaş odayı kaplarken döşeğimin içinde baygınlığa benzer bir uykuya dalıp gitmişim...

XIV
Muhsine'ye Olan Aynen Hasan'a da Olmuş

Gözlerimi açtığım zaman perdeleri güneş ışığıyla büsbütün şen ve aydınlık buldum. Vücudum o gece yüz sopa yemiş kadar kırgındı. Zahmetle döşeğimin içinde doğrularak bana cehennem olan odanın köşe bucağına bir göz gezdirdim. Her şey yerli yerindeydi. Merakım yükte kaldı. Yük kapısını açıp içerisini dikkatle inceledim. Yükün tavanı duvarları gayet muhkem, bir çivi, bir kıymık parçası bile yerinden oynamamış. Hiç delik deşik yok. Her tarafını yumrukladım. Taş gibi sağlam... Oda kapısına baktım, içeriden sürmeli duruyor.

O uğursuz peri yüke nereden geldi? Bunlara karşı kapının, bacanın, kilidin, sürmenin hiç para etmediğini artık anladım. Beni gece koruyan muskamı boynumdan çıkarıp öptüm. Duvardaki levhaya kutsal gözüyle baktım. Bunların mübarek tesirleriyle o gece perinin âşıkane taarruzundan kurtuldum. Fakat o cüretli perinin rivayetine göre muska ile levhanın koruyucu etkilerinin hükümsüz kaldığı anlar, saatler de varmış. O zaman ne yaparım?

Herkes kalktı. Günlük işlerimizle uğraşmaya başladık. Bu gece uğradığım müthiş hali kalfa ile ablaya hikâye edeyim mi? Onların da birer peri âşıkları varmış. Çeşmifelek neyse ne... Fakat ablanın sevdalısı olan peri, acaba o da iyi saatte olsunların zenci cinsinden midir? Köşkün erkek cinleri sevda hususunda pek müşkülpesent görünmüyorlar. Hak yardımcım olsun... Bunların muhabbetleri hoşa gider bir şey değil. Sevdiklerini çarparak, zavallı hanımefendi gibi deli edip bırakıyorlarmış... Yarabbim, aklım ırzım sana emanet! Sen beni bu belalı köşkten hayırlısıyla kurtar! Ev sahibesi o bedbaht kadını da kurtar.

Burada itirafından sıkıldığım bir zaafımdan bahsedeceğim. Allah'ın bildiğini kuldan ne saklayayım. Akşamki o delikanlı perinin efsunlu bakışları kalbimde ona karşı bir meyil uyandırdı. Ne olurdu Rabbim, bu bir insanoğlu insan olup da bana kısmet olaydı. Beni efsunladı mı ne yaptı?.. Kollarını açıp da baygın nazarlarla beni kucağına davet ettiği o âşıkça tavrını bir türlü aklımdan çıkaramıyorum. Bir periyle sevişmek pek tehlikeli bir macera olmakla beraber kim bilir insana ne büyük bir haz ve sefa bahşedecek... Bu saadet dünyada pek az kadına nasip olur. Bir peri insana nasıl diller döker? Kendini sevdirmek için ne türlü âşıkane hareketlerde ve hücumlarda bulunur?

Zihnimden bu düşünceler geçerken, "Hay deli kahpe! Hiç ecinni sevilir mi?" diye kendimi ayıplayarak başımı yumruklamaya başladım.

Ben çıldırıyor muydum? Böyle düşündüğüm için yoksa çıldırmış mıydım? Ah, o bana söyledi: "Benim büyüleyici kuvvetime, ellerime düştün bir kere. Artık kurtulamazsın!" dedi. Bir peri sevdasına tutulup da ömrümün kalanını tımarhanelerde mi geçirecektim?

Okudum, okuyup etrafıma üfledim. Yaradan'ın himayesine sığındım. Bu peri için yüreğimde yavaş yavaş şiddetlenen muhabbete rağmen dedim ki, "Peri ne kadar yalvarsa tılsımı benim elimde. Boynumdan muskayı çıkarmam ki..." Böyle bir zaaf anının imkânını düşünerek Allah'ımdan yardım istedim. "Sen beni şaşırtma" duasıyla çok yalvardım.

Aklıma bir şey geldi. Acaba çiftlikte Hasan isminde, gece bana görünen biçimde bir delikanlı var mıydı?

O günkü garip bir tesadüf bu şüphemi kesin olarak halletti.

Mutfak bacasının birçok yerinden sıvaları düşmüş, tencerelerin üzerine toprak dökülüyordu. Biraz tamire lüzum görülmüştü. Biz mutfakta ablayla beraber çalışırken bahçe tarafından kapı vuruldu. Ruşen'in ihtarı üzerine kapıyı açtım. Ellerinde birer küfe harç, iki erkek içeri girmek istiyorlar. Ruşen:

— Biz başımızı örtelim de gelsinler... dedi.

Örtündük. Erkekler girdiler. Bir de ne göreyim?.. İçeri girenler bir duvarcıyla beraber, gece bana gelen peri Hasan değil mi!.. Çarpıntıdan dizlerimin bağı çözülmeye, gözlerim kararmaya başladı. Duvara tutunmasaydım düşecektim. Evet, Hasan! Yükün içinden müthiş bir tesirle bana ilan-ı aşk eden o güzel delikanlı. Dizlerinde sarı aba potur, sırtında kırmızılı basma mintan... Aynı aynına geceki şekil ve kıyafette... O tatlı bakış, o cazip tebessüm, o yiğitçe tavırlar hep o... Peri olsun insan olsun, ne olursa olsun, iki ayrı batından çıkmış iki kişi birbirine bu kadar aynılıkla benzeyemez. Kendi kendime, "Bunda bir iş var. Ya bu akşam bana görünen peri, insandır yahut bu Hasan, peridir. Bunun ikisi mümkün değil. Ayrı ayrı birer şahıs olamaz... İnsansa her tarafı sağlam, çivili, muhkem bir yükten gece nasıl ortaya çıktı? Periyse insanlar arasında insan gibi bir yaşayışla nasıl ömür sürüyor?" dedim.

Bu muammanın kesinlikle halline kadar ben merakımdan ölecektim. Geceki âşıkane yalvarışlarına karşı içimde uyanan sevgi, Hasan'ı böyle poturuyla mintanıyla, o sihirli bakışıyla gözlerimin önünde böyle kanlı canlı bulunca büsbütün kuvvetlendi. Şimdi şiddetle merak ettiğim ikinci bir konu vardı. Bana âşık olan peri Hasan'ın bu insan suretinde de benim için bir muhabbet var mıydı? Tıpatıp aynı olan perinin hakkımdaki aşkını bu delikanlı, bu insan Hasan da hissediyor muydu? Bunu anlamak için çıldırıyordum.

Ruşen Abla'nın sebzeleri soymakla, duvarcının ocağın sıvalarını incelemekle meşgul olduğu bir sırada Hasan bana gözünü dikti, dikkatle baktı. Bu bakış, yine o geceki efsunlu bakıştı. Tatlı bir çarpıntıyla yüreğimde sıcak bir şeyin fıkırdadığını hissettim, gayriihtiyari gözlerim süzüldü. Hasan'ın bu âşıkane bakışına hafif bir tebessümle mukabeleden kendimi alamadım. O da baygın baygın gülümsedi. Şüphem kalmadı. Bu delikanlıyla aramızda kalpten kalbe akan bir muhabbet vardı.

Duvarcı ustası elindeki malayla sıvaların çürük kısımlarına vurup vurup düşürüyordu. Hasan'a döndü:

— Haydi, bahçeden merdiveni al da getir, dedi.

Hasan bu fırsatı ganimet sayarak bana hitaben:

— Merdiven büyüktür, yalnız zor gelir. Hemşire, beraber gel de getirelim! teklifinde bulundu.

Ben biraz şaşalayıp kaldım. Ruşen bu tereddüdümü görünce:

— Haydi kız, beraber git! Hasan'dan ne sıkılıyorsun? O senin kardeşin... azarıyla beni yardıma sevk etti.

Bu delikanlının adının Hasan olduğunu bir başka ağızdan da işitince büsbütün tuhaf bir hale uğradım. Arkasından yürüdüm. Bahçeye çıktık. Bir kısmı büyük ağaçların gölgelerine gömülmüş, koca ıssız bahçe... Merdiven hayli uzaktaymış. Yan yana giderken göz ucuyla Hasan'a bakıyordum. Yüzü gecenin loşluğuyla seçemediğim pembe bir tazelikle güleç, koyu kumral bıyıkları gümrah bir çift kaş gibi dudak üstünü süslemiş, ağzı burnu mütenasip, mert bakışlı, aslan gibi bir delikanlı... Yüreğim içimde hop hop oynuyordu.

O da beni geceki haline benzer büyülenmiş bakışlarla gizli gizli süzüyordu. Birdenbire durarak sanki her kelimesinden muhabbetler dalgalanan bir sesle dedi ki:

— Muhsine Hanım, senden bir şey rica edeceğim, doğru söyler misin?

Titrek bir sesle cevap verdim:

— Söylerim. Ben zaten yalandan hoşlanmam.

— Sen evvelden peri miydin yoksa bu köşke geldikten sonra mı perilere karıştın?

— Ben ne evvelden periydim, ne elhamdülillah buraya geldikten sonra onlara karıştım...

— Ya nasıl oluyor da dün gece odamın kapısı sürmeli olduğu halde yükün içinden çıktın?

Bu acayip suale karşı kendimi tutamayarak bağırdım:

— Aaa, ben mi?

— Evet sen...

— Aman hayırdır inşallah, rüya görmüş olmayasın?

— Hayır, rüya değil... Evvela bana gözükmeden yükün içinde saz çaldın. Birçok beyit okudun.

— Hayretimden boğulacağım. Ben ömrümde elime saz almış bir kadın değilim. Hem kadın kısmı tambura çalar mı?

— Ne güzel çalıyordun... Hâlâ aksi kulaklarımda duruyor.

— Hay cümle beladan sen sakla Rabbim! Ne garip bir hal.

— Evvela saçları burma burma yılanlara benzeyen, çirkin, korkunç bir cadı şeklinde görünüp beni dehşetten titrettin. Sonra şimdiki gibi güzel bir kadın simasına girdin. İşte üstünde de yine bu beyaz entari vardı. Birtakım diller dökerek beni kandırmaya uğraştın. Ayıp değil ya, serde delikanlılık var. Ben de dayanamadım, seni döşeğime davet ettim. Sonra boynumdan muskamı çıkarmamı, duvardaki levhayı kaldırmamı teklif ettin. O zaman senin güzel bir kadın kılığında kuduz bir cin olduğuna şüphem kalmadı. Seni kovdum. Sonra "Yarın akşam yine gelirim. Sana alaka duydum. Artık elimden kurtulamazsın..." tehditleriyle ortalık ağarmakta olduğu için çekilip gittin...

— Vallahi hayretimden şimdi öleceğim! Kardeşim Hasan, sözlerime emin ol... Ben öyle sevda arz etmek için gece uşakların odasına gidecek namussuz bir kadın değilim. Dur, daha tuhafı var... Sen de biraz beni dinle. Söylemeye pek sıkılıyorum ama ne belalara uğramakta olduğumuzu bilmek lazım... Naçar kaldım da işte onun için anlatıyorum. Dün gece sen de benim odama geldin.

Hasan büyük bir hayretle gözlerini açıp:

— Ben mi?..

— Evet sen. İşte aynen bu potur, bu mintanınla...

— Pek yanılıyorsun...

— Hiç yanılmıyorum. Rica ederim dinle...

— Beni gece haremde kadınların odasına girip musallat olacak kadar soysuz, namert bir adam mı zannediyorsun?

— Benim zannım para etmez. Ben sana hakikati anlatıyorum. Eğer dün geceye kadar selamlıkta sen görünüşte, Hasan isminde bir delikanlı bulunduğundan haberim vardıysa iki gözüm su gibi önüme aksın, Allah'ın gazabına uğrayayım!

— Beni çıldırtacak mısın?

— Beynim içinde pireleniyor. Benim de çıldırmama bir şey kalmadı. Yahut ikimiz de çıldırmışız da haberimiz yok. Dün gece seni o kadar ayan beyan gördüm ki eğer ressam olsaydım bütün çizgileriyle resmini çizerdim.

— Of, meraktan biteceğim!

— Dinle kardeşim, dinle!.. Sen de evvela bana insanla canavar arasında pek korkunç bir şekilde göründün. Tambura çaldın. Yarısı âşıkane, yarısı yamyamca, kafiyeleri bozuk maniler söyledin. Korkudan ölüyordum. Sonra muskamla levhayı odadan çıkarmayı teklif ettin. O zaman bütün bütün dehşete düştüm. Senin cin olduğuna şüphem kalmadı. Ortalık ağarıyordu. "Allah'ın gecesi çok, yine gelirim" dedin, çekilip gittin. Kuzum Hasancığım, bir daha gelirsen beni o kadar korkutma. Korkudan bayılıp belki bir daha ayılmam...

— Söylediğin lafa bak! O benim elimde mi? Sana gelen ben değilim diyorum. İnanmıyor musun?

— Bu evin perileri de insanları da pek acayip. Hepsi birbirine karışmış. O gelen sen değilsen mutlaka senin perin olacak.

— Besbelli!

— Perinle münasebette bulunuyorsan ona söyle bana o kadar işkence etmesin. Hem bir daha gözükmesin.

— Bunda benim hiç dahlim yok. Ben o habise nerede tesadüf edeceğim? Bana gözükmüyor ki...

— Sana ne kadar benziyor. Görsen şaşırır, sen o musun yoksa o sen midir katiyen fark edemezsin. Kendini kaybedersin...

— Vay melun vay! Benim ağzımdan sana "âşıkdaşlık" ediyor ha?

— Aman melun deme! Belki kızdırırsın. Sonra bana etmediğini bırakmaz...

— Ben de senden rica ederim. Geceleri odamda yükümün içinden çıktığın vakit, vücudunun en güzel yerlerini açıp bana gösterme. Erkeklik halidir bu... Belki dayanamam da bir günaha girerim.

— Sus, ağzına biber doldururum! O nasıl lakırdı? Beni başı açık fahişe yerine mi koyuyorsun?

— Estağfurullah Muhsineciğim! Senin ne kadar ırz ehli bir kadın olduğunu halinden anlıyorum. Sen buraya geleli hayli vakit oldu. Eteğinin ucunu bile bir erkeğe göstermedin.

Beni affet. Benim bu sözlerim senin perin olan o kaltağadır. Yosma o kadar sana benziyor ki şaşırıp aldanmamak kabil değil. Ben de ressam olaydım senin en gizli yerlerinin tıpkı tıpkısına şurada haritasını çizerdim...

— Yerin dibine girsin utanmaz kahpe!

— Sen de perin için fena söyleme. Kızarsa sonra beni kim bilir ne belalara sokar?

— Böyle arlanmaz bir perim olduğu için karşında hicabımdan billah yerlere geçiyorum. Ne hayâsız karıymış o! Yanına ilk çıkışında soyunup her tarafını sana göstermiş. İlahi, yaşı yerlerde sayılsın! Namusumu bir paralık etti. Ona bakıp da beni de sakın açık meşrep bir kadın zannetme.

— Böyle bir zanda bulunamayacağıma dair seni deminden temin etmedim mi?

— Şakaya gelmez, ırzdır bu! Belki ağzınla öyle söylersin de içinden yine şüphe edersin...

— Korkma, etmem.

— Senin perin de az sırnaşık utanmazlardan değil ha! Sözüme gücenme, perine söylüyorum. O edepsizler şeklen tıpkı bize benziyorlar ama elhamdülillah bizim onları zerre kadar andırır bir yerimiz yok. İşte ben de görüyorum. Sen de gayet mert bir çocuksun. Onlar ne rezalet ederlerse etsinler, bundan bize bir ar gelmez. Biz ikimiz dünya ahret kardeş olalım.

Hasan bu son teklifime karşı derin bir sükût gösterdi. İçimden, "Acaba beni kardeşliğe kabule arlanıyor mu?" dedim.

Bir ağacın önüne yan uzatılmış merdivene yaklaştık. Hasan merdivene elini uzatmazdan evvel biraz utanarak dalgın bir tavırla:

— Sana söyleyecek son bir sözüm var. Bunu kalbimden kopan bir hakikat olarak kabul et...

Yüreğimi bir gümbürtü aldı, kıpkırmızı kesildim. Dinliyordum...

Hasan devam etti:

— Senin perinin bana karşı gösterdiği dilbazlığa ben fena halde kapıldım. Gönlümde sönmez bir ateş alevlendi. O hayaller gözümün önünden gitti, fakat bu yangın bâki. Seni çıldırasıya seviyorum...

Hasan'ın bu itirafından o kadar memnun oldum ki bütün gövdem bu büyük saadetin verdiği ferahlıkla şişti. Sevincimden nefes alamaz bir hale geldim. Lakin kadın olduğum için bu itirafa karşı hemen sırıtıvermeyerek ciddi bir tavırla ağırbaşlı görünmek lüzumunu hissettim. Namuslu insanların vakarını takınarak dedim ki:

— Hasan, ağzından çıkanı kulağın işitsin... İffetinden şüphe edilir bir kadın olmadığımı sana kaç defa tekrar ettim. Perimin edepsizliğinden cesaret alarak bana karşı bu ağızlara kalkışma rica ederim.

— Affedersin, sana fena bir ağız kullanmadım. İffetini ben senden fazla takdir ettiğim için sana olan muhabbetim daha da büyüdü. Allah'ın emri, peygamberin kavliyle izdivacına talibim. Reddetme, beni öldürürsün... Köy delikanlıları mert oğlu mert ve sözlerinin eri olurlar.

Bu cümleleri o kadar saflıkla söyledi ki mutluluktan ağlamaklı oldum. Fakat sözü yine şakaya bozarak:

— Aman yarabbi, sen de tıpkı perine benziyorsun. O da akşam bana işte böyle yeminle izdivaç teklifinde bulundu.

Hasan birden parlayarak:

— Sakın benden başkasına izdivaç vaadinde bulunma. Peri olsun, her kim olursa olsun, yalnız onu değil bütün dünyayı yakarım.

Artık dayanamadım:

— Mert çocuk, bir kadın için itirafı müşkül olmakla beraber söyleyeyim ki akşam senin perine karşı şiddetli bir meyil de bende uyandı. Aynı macera, aynı tecelli, aynı garip hal ikimize birden vaki olmuş...

O hemen ağzımı tutmak için elini uzatarak:

— Söyleme... Söyleme... Perim değil ya kim olursa olsun bir başkası hakkında ağzından "meyil" sözünü işitmek istemem... Ben seni perimden değil, gözümden bile kıskanıyorum. O habisin benim şeklime girerek seni iğfal edebilmesi ihtimalini tasavvur ettikçe beynim yanıyor.

— Siz erkekler ne kadar hodbin oluyorsunuz. Ya ben seni kendi perim olan o kahpe kadından kıskanmaz mıyım? Kaltak ne kadar da uyanık, ne kadar da dilbazmış... Ya bu gece yine karşına gelir de soyunup dökünerek arzunu uyandırmaya uğraşırsa sonra belki beni bırakıp onu seversin...

— Elmasım, bunu hiç merak etme. Sen tıpkı osun. Aynen birbirine benzeyen iki kadından namuslusu, iffetlisi dururken niçin hayâsızını tercih edeyim?

— Onun sana o kadar açık saçık görünmesini istemem.

— Öyleyse emret! Gece karşımda zuhur ettiği vakit o yellozun göğsüne bir tabanca sıkayım.

— Yok yok, olmaz! Sonra o dişi perinin erkeğini kızdırırsın belki o da gelip beni vurur. Hem bu erkek kadın iki periyi biz birbirimizden kıskandığımız gibi onların da aynen yekdiğerinden bizi kıskanmadıkları ne malum? Hasan, bu bizimki pek belalı muhabbet... Biz yalnız kendi kendimize kalsak âlâ. Fakat aşkımızın arasında böyle dolambaçlı, erkekli dişili iki peri vücudu bulundukça bir şaşırmaya uğramak tehlikesi bizim için daima mevcuttur. Rabbim saklasın!

— Zannederim ki ben seni alınca sana gelen erkek peri de bana görünen kadın periyi alır. Bu suretle tehlike kalmaz.

— Bu belalı köşkten kurtulup da birbirimizi nasıl alacağız?

— Orası bana ait bir mesele. Sen yalnız bana varmaya söz ver, ötesi kolay. Söz veriyor musun?

— Veriyorum.

— Ama benim sözüm şaka değildir. Her ne zorluğa tesadüf edersek yılmayacağız. Ölüm var, ayrılık yok.

Ben de tekrar ettim:

— Ölüm var, ayrılık yok.

Dönüşümüzün uzamasından meraka düşmemeleri için başından ucundan merdiveni tutup mutfağa girdik.

XV
Tuhaf Bir İmtihan

Hay yezit karı hay! O perim olacak kaltağa o kadar kızıyordum ki bir elime geçirsem cinliğine periliğine bakmayarak hemen üstüne hücumla pars gibi ayıracaktım. Benim kıyafetime girip de kendini heriflere peşkeş çekiyormuş!

Ruşen'le işimizi bitirip mutfaktan çıktık. O hiddetle ablaya dedim ki:

— Burada bir peri karısı varmış. Benim şeklime girerek gece heriflere açık saçık görünüyor, vuslatına davet ediyormuş... Her şeye tahammül olunur ama buna dayanılır mı? Irzdır bu!

— Kim söyledi ayol? Hasan mı? Edepsize bak! Dışarıdan içeriye lakırdı mı getiriyor? Ben ona terbiyesini verdiririm. Öyle şeylere aldırma. Benim için de neler söylediler... Güya ben geceleri süslenir de köyün muhtarına müşteriye gidermişim... Kaç defa bana gece yolda allı pullu rast gelmişler... Çeşmifelek'i de kâhyayla söylerler. İyi saatte olsunlar bize yapmadıkları şaka bırakırlar mı? Ne yaparsın, hoş geçinmeli. Hem sen o Hasan'ın sözüne inanma. O tekin değildir. Ben ona kaç defa gece merdiven başında rast geldim...

— Ay, o Hasan peri midir?

— Ne olduğu bellisiz, şüphelidir. Hiç o kadar güzel delikanlıyı periler zapt etmeden bırakırlar mı? Peri kızları hep ona âşıktır, insanlardan ona gönül veren kadını boğarlar. Haydi şimdi lakırdıyı bırak, şerbetleri ez! Bu akşam havuz başında meclis var. Hepimiz çıkacağız.

Hazırlığa başladım. Fakat zihnim tamamen Hasan'la meşguldü. Bütün ruhumla, vazgeçmesi imkânsız, amansız bir aşkla seviyordum. Rekabetime bin peri kızı çıksa Hasan'dan vazgeçemeyecektim. Boğulmayı, ölümün her çeşidini göze aldım. "Ölüm var, ayrılık yok!" İşte bu kararda sebatla ölecektim...

Akşam oldu. Temiz beyaz entariler giyip saçlarımızı döktük. Ellerimizde buhurdanlar[1] hanımefendi önde, biz rütbelerimize göre sıralı bir hat üzerine arkada, benim o zamana kadar girmemiş olduğum o gizli iç bahçeye çıktık. Ay, asırlık ağaçlara nurunu bolca dökmüş, içinde birkaç kurbağa vakvakası işitilen büyük bir havuzun yeşil suları mehtaba karşı bir ayna aksiyle parlıyor, duvar kenarlarını tamamıy-

1 İçinde buhur (tütsü) yakılan kap, buhurluk.

la gözlerden gizleyen ağaçların heybetli, esrarengiz gölgeleri kalplere korku veriyordu.

Zakirimiz Ruşen Abla'ydı. Türkçeye, Arapçaya, hâsılı insan dillerinin birine kıyası müşkül, anlaşılmaz, garip kelimelerden oluşan mavalımsı[1] bir makam tutturdu. Biz, bu cin tekkesinin oturanları, zakir nidası "hu"larla dem tutarak, bestenin usulüne ayak uydurarak havuzun etrafını dönmeye başladık. Döndük, döndük, döndük... Belki bir saat oldu. Arap'ın boğazında şarkı söyleyecek kudret, bizim bacaklarımızda yürüyecek hal kalmadı. Etrafta kurbağalardan başka bu deveranımızın bir dinleyicisi, bir seyircisi yoktu. Bu acayip ayinin pek acemisi olduğum için olacakları bekleyerek halsizlikten, meraktan bitiyordum. Ablanın yorgunluktan sesi çatal çatal oldu. Biz yine dönüyorduk. Nihayet yüksek ağacın birinden "hu hu hu" diye matemli sesiyle bir baykuş öttü. Dehşetten içim titredi. Biz bu kumandaya karşı dönmeye ara vererek yan yana bir sıraya dizildik. Yerlere kadar boyun kestik...

Arkasından, "Garara... gurara... garara... rara... ra..." diye insanla boru sesi arasında bir şey öttü. Biz bu ikinci kumandaya da derin birer boyun daha kestik.

Derhal çifte nakkare refakatiyle çığırtmaya benzer bir düdük sesi işitildi. Pek garip bir curcuna havası başladı. Etrafta bir şey görünmüyor, bu ahenk ağaçların altından, karanlıklardan geliyordu. Peri zakirleri avaza girişti. Besbelli benim şerefime olacak, güfteler Türkçeydi. Bu curcuna usulüne ayak uydurarak biz de sıçramaya başladık. Çifte nakkare ile düdüğün ahengine uyarak söylenen garip sözler şunlardı:

Haseki dreski pösteki
Nal teki, sendeki, bendeki
Düm tek düm tek düm tek
Haydi yavrum bir tek bir tek
Mertek, köstek, ördek
Gerçek, gevşek, gerdek

---

1 Maval: Çöl Araplarına özgü bir şarkı okuyuş tarzı, bir çeşit uzun hava.

Haydi babam bum
Mum kum rum
Gözlerini yum
Ağzını aç...
Geliyorum kaç...
On beş kırbaç
Kulaç kulaç...

Çabuk laçka
Maçka plaçka

Haydi babam kertenkele
Nerden gele? Sana gele, bana gele
Hergele, küt, pat...
Kıpırdama yat...
Dayağımı tat...

Mani ahenginden uzak bu güfte ile bu orkestra belki bir saat kadar sürdü. Yorgunluktan bitti zannettiğim Ruşen Abla'ya bu havanın ferahlığıyla öyle bir şevk ve gayret geldi ki dümteklere uydurarak attığı göbeklere hayrette kalıyordum.

Hanımefendi, Çeşmifelek, ben... Biz artık sıçrayamıyorduk, düşecek bir hale geldik.

Çok şükür yine bir, "Garara!" kumandasıyla curcunaya hitam verildi. Havuzun kenarındaki sandalyelere dizilip oturduk. Acaba şimdi ne başlayacak?

Pek yorgunluklu bir oyun olmasa, diye endişeye düştüm. Yanımda oturan Çeşmifelek'in kulağına eğilerek usulca sordum:

— Şimdi ne olacak?

— İmtihan var.

— Ay bana da soracaklar mı?

— Hepimize...

— Bana hiçbir şey öğretmediniz. Nasıl cevap vereceğim şimdi?

— Ne soracakları belli olmaz ki öğretelim. Aklın erdiği kadar cevap verirsin.

— Ben ömrümde hiçbir mektepte imtihana girmedim. Okuyup yazmam bile yok. Şimdi başıma gelenleri gördünüz mü?

— Onlar senin ne derece malumat sahibi olduğunu bilirler. Ona göre sorarlar. Yalnız sorgularına zıt cevaplar vermemeye gayret et...

Gümbürtüye benzer kalın bir erkek sesi duyuldu:

— Hanımefendi!

Hanımefendi:

— Hazırım efendim!

— Vakitsiz şeytanminaresine çıkan bodur müezzin ne okur?

— Senanızı efendim.

— İnsanın dişlerini ağzından söküp başka bir yerine koymak lazım gelse neresine koymalıdır?

— Gözlerine efendim.

— Neden?

— Çünkü bazı kötü niyetliler, insanları gözleriyle de yerler.

— Kuyu kovaya girer mi?

— Aslında girmez görünür, fakat himmetinizle bu da kabildir.

— Nasıl?

— Bu dünyada bütün şekiller izafidir. İçi dışına dönerse mazruf zarf olur efendim.

— "Çuvaldızı kendine iğneyi başkasına batırmalıdır" atasözünü söyleyen hakkındaki fikriniz nedir?

— Söyleyen pek kurnazmış efendim...

— Neden?

— Çünkü bu nasihatiyle kendini "başkası" makamında bulundurup, çuvaldızı âleme batırarak iğneyi kendine çevirtmek istiyor.

— Bir hünsanın erkekliği, kadınlığı yani iki cinsiyeti birden tam olsa... Hem bir erkek hem de bir kadınla izdivaç etse hünsanın aynı zamanda karı ve kocası olan bu iki zat, yine o çift şahsa ikinci derecede akraba olarak ne düşerler?

— Bunlar yine o şahsa yenge ve enişte olurlar efendim.

— Ne itibariyle?

— Erkeklik, kadınlık kendinde bir arada doğan çift şahsın iki yarısı bir rahimden çıktıkları için birbirine kardeş sayılacaklarından bunların karı ve kocaları da yine o hünsaya yenge ve enişte düşerler efendim.

Birçok kalın sedalar:

— Kırk bir buçuk maşallah! Bin aferin! Yüz yıldız! Doksan dağ, yedi derya bahşettik...

Ne âlem şeymiş bu periler! Hanımefendiye de hakikaten kırk bir buçuk maşallah! Bülbül gibi cevap verdi. Okumuş kadın, her şeyi biliyor. Zavallıya yine deli diyorlar. Bâb-ı fetvadan[1] kırk sarıklı gelse bu sualleri zor reddederler. Hepsi müşkül. Hele son sualleri iyi anlayamadım. Hünsanın biri hem kocaya varmış, hem de bir karı mı almış ne yapmış? Fesuphanallah! Bunlar birbirine yenge enişte düşerlermiş. Acaba bana neler soracaklar? Ben bodur müezzinin şeytanminaresinde ne okuduğunu nereden bileyim? Ömrümde böyle şeye rastlamadım ki... Benim bildiğim şeytanminaresi deniz kenarlarında bulunur, küçücük bir şeydir. Onun üstüne çıkılır mı? Sıkıntımdan, mahcubiyetimden yerlere geçecek kadar küçülüyordum...

İmtihan heyetinin reisi o gudubet sesiyle yine bağırdı:

— Ruşen Abla!

Arap bir derlendi toplandı. Cevap verdi:

— Hazırım şahım!

— Çorba pişirmek için bir havuza pirinç atsak ateşi nereye yakmalı?

Abla meselenin zorluğundan iskemlesinin üzerinde birkaç defa kalkıp oturarak birçok kez yutkundu. Nihayet şu cevabı buldu:

— Efendim, testi kebabı gibi kuru havuzun etrafına dizerim.

Derhal çifte nara, çığırtma bu opera heyetinin inceli kalınlı sesleriyle başladı:

---

1 Bâb-ı fetva: Şeyhülislam dairesi, fetvaların verildiği yer.

Bilemedi Ruşen hah hah hah
Bilemedi Ruşen hah hah hah

Hanımefendinin işareti üzerine hepimiz kalktık. Bu havayla göbek atmaya başladık. Çalgı sustu. Yine oturduk. Arap sıkıntısından terliyordu. Dedi ki:

— Efendim pek zor sual sordunuz? Havuzun altına ne odun yakılır, ne sacayak konur. Kırk yıllık aşçıyım hiç havuzda çorba pişirmedim.

— Böyle bir müşkülde kalırsan ne yaparsın?

— Siz efendilerimden birini imdadıma çağırırım. Havuzun altına üflerseniz ateş olur.

Bu cevap besbelli hoşa gitti. İkinci suale giriştiler:

— Halatı dikiş iğnesine geçirebilir misin?

— Geçiririm efendim.

— Tarif et.

— Destelerle dikiş iğnesi alırım. Her biri bir iğneden geçecek incelikte halatı ince ince bölerim. İşte böyle hepsini geçiririm.

— Bir sepette kaç pirinç olduğunu saymadan anlayabilir misin?

Abla derin derin bir düşündü. İki elini havaya kaldırıp "Yardım, ya şahım!" nidasıyla birkaç defa haykırdı. Bu periler insanı zorla çıldırtacaklar. Bir sepet pirincin kaç tane olduğu saymadan bilinir mi? İnsan saysa da çıldırır, saymadan düşünse de... Zavallı Abla gaipten bir müddet yardım bekler bir halde kaldıktan sonra sanki kulağına bir şey fıslamışlar gibi:

— Bilirim... dedi.

— Söyle nasıl?

— Sayarak avucuma yüz tane pirinç alırım. Bunun kaç dirhem veya denk[1] olduğunu küçük bir terazide tartarım. Bu kaç dirhem geliyorsa sonra ona bir o kadar daha ilave ederim. Bunu misli misliyle büyütürüm. Otuz kırk okka yapa-

---

1 Dirhem, okkanın dört yüzde birine eşit olan 3,207 gramlık eski bir ağırlık ölçüsü; denk de dirhemin dörtte birine eşittir.

rım. Daha sonra sepeti büyük bir terazide kendi okkalarımla tartarım. Aşağı yukarı sepette kaç pirinç olduğu anlaşılır.

— Keçi kuluçka olduğu vakit altına kaç yumurta korlar?

Arap yine şahından yardım için semaya doğru haykırarak bir dineldi. Besbelli bu defa kulağına bir şey fıslayan olmadı. Düşündü... Düşündü... Artık bilmediğini itirafla ve tam bir teslimiyetle iki elini göğsüne koyarak:

— Pes, ya pirim! Keçinin kuluçkaya oturduğunu bilmiyordum.

Yine opera başladı. Biz hep birden raksa katılarak:

Bilemedi Ruşen hah hah hah
Bilemedi Ruşen hah hah hah

İçimizde en iyi göbek kıvıran yine biçare ablaydı... İmtihan heyetinden:

— Ablaya yedi maşallah, on aferin! Beş köy, iki göl, dört tepe bahşedildi.

Biçare abla notlarını tamamlayarak sınıfı geçti galiba.

Ses:

— Kalfa!

— Hazırım efendim!

— Bir baba, birer batın hariç olarak, hangi akrabasının ortasında bulunur?

— Dedesiyle torununun efendim.

— Kuyunun dibi ağzına çevrilirse suyu nerede kalır?

Kalfa bu imtihanlara alışkın olmakla beraber fena halde şaşaladı. Ben şimdi zihnen bir kuyu tasavvur ederek, onu şöyle hayalimde altüst çevirmeye uğraşarak suyun nereye gideceğini bulayım diyorum... Üstünüze iyilik sağlık, aklıma fenalık gelir gibi bir şey oluyor. Biraz daha aşağı yukarı oynatsam ona bir karar kıldırıncaya kadar zihnim de beraber oynayacak... Bu köşkte ben aklımı tastamam muhafazayla Hasan'a varamayacağımı anlıyordum.

Çeşmifelek hayli düşündükten sonra:

— Su yine aşağıda kalır. Kuyunun dibiyle yukarı tarafından örtülmüş bulunur.

Curcuna ara nağmesi:

Bilemedi Kalfa hah hah hah
Bilemedi Kalfa hah hah hah

— Eski Ali Paşa'yı Yenikapı'ya, Çukurbostan'ı Düzce'ye nakletseler Galata Kulesi nerede kalır?

Kalfa, zihninden bu karışık meseleyi uzun uzun düşünerek, ölçüp biçtikten sonra:

— Galata Kulesi Samatya'ya gelir galiba?..

Ben göbek atmaya hazırlandım. Çünkü Çukurbostan ta Düzce'ye kadar gittikten sonra Samatya'nın nerede kaldığını hesaplamaya ben mühendis isterim. Dediğim oldu, ahenk başladı:

Bilemedi Kalfa hoppala hoppa
Bilemedi Kalfa hoppala hoppa

— Kalfa sana bir lira vereceğiz. Bu parayla bize bir koyun alacaksın. Bu hayvanın etinden külbastı, tüyünden bir seccade, hem sonra koyunu diri, parayı da geri isteriz. Nasıl yaparsın?

Kalfayı sıktılar. Bu olmaz bir teklifti. Fikrimce artık periler halt ediyorlardı. Böyle birbiri ardınca birkaç meseleye cevap verememenin ne gibi cezalara sebep olacağını bilemediğim için zavallı Çeşmifelek'e acıyordum. Kalfa sıkıntısından birkaç defa pufladı, kalktı, oturdu. Nihayet ellerini niyazla perisine kaldırarak "İmdadıma yetiş!" diye mırıldandı. İskemlelerimizin arkasında o tüylülerden biri peyda oldu. Kalfaya bir şeyler fıslayıp çekildi. Bu yardım o kadar seri oldu ki neredeyse benden başka kimse farkında varmadı zannederim. O zaman Çeşmifelek bülbül gibi cevaba girişti:

— Efendim verdiğiniz liranın yarısıyla bir koyun alırım. Hayvanı hadım eder, çıkacak etinden haddim olmayarak size külbastı pişiririm. Tüyünü kırpar bir seccade dokurum. Sonra kalan yarım lirayla beraber koyunu diri olarak iade ederim...

O anda imtihan heyeti içinde:

— Bu kalfanın bilişi değil. Bunu fısladılar! diye bir gürültü koptu. Raks havası başladı:

Bilemedi Kalfa hoppala hoppa
Bilemedi Kalfa hoppala hoppa

Periler Çeşmifelek hakkında pek şiddetli davranmadılar. Hak ettiği derecesine göre şunlar bahşedildi:

Bir Çingene köyü, üç ayı postu, yedi şebek... Gelir olarak: Kasımpaşa deresinde bir değirmen, Tahtakale'de bir aşçı dükkânı ve bir han...

Bu hediyelerin bağışlanmasından sonra sıra bana geldi...

— Muhsine Kadın!

— Hazırım şahım!

— Eşek Anırtan[1], Deveoğlu Yokuşu'ndan kaç parmak yüksektir?

Derhal anladım ki acemiliğime hürmeten bana pek enayice sualler soruyorlar. Fakat bu iki koca yokuş parmak hesabına gelmez. Ben de ağzıma geleni atar, birkaç Çingene mahallesi gelirine nail olarak ferah fahur geçinirim kararıyla cevap vermeye hazırlanırken ben çağırmadan sandalyemin arkasında bir tüylü peyda oldu. Korktum. Söyleyeceğimi bütün bütün şaşırdım. Meğer beni de koruyan periler varmış. O kulağıma fıslıyor, ben söylüyordum:

— Efendim Eşek Anırtan, Deveoğlu Yokuşu'ndan tam sekiz parmak, altı buçuk nokta yüksektir.

"Hah hah ha!" diye bir kahkahadan sonra sordular:

— Nereden biliyorsun?

— Pederim merhum, Eşek Anırtan'dan merkeple çıkmış. Birçok uzun feryatlar, bütün uzatmalardan sonra hayvanın sekiz tam ve altı buçuk kesiklikle anırdığını söylemişti.

Çifte nara başladı:

---

1 Orijinal metinde "ağırtan" olarak geçmektedir.

Hoş söyledi Muhsine peh peh peh
Hoş söyledi Muhsine peh peh peh

Kendi hesabıma birkaç göbek kıvırdım. Ahenk durdu. Yerime oturdum. Fakat derhal davullar çalınır, borular öter, canavarlar böğürür gibi bir gürültü koptu. “Fıslayan var!” itirazları işitildi. Usulca arkama baktım ki yardımıma seğirten peri kaybolmuş. Şimdi sıfırı tükettim...

Gürültü durdu. İmtihan başladı:

— Karadeniz Akdeniz’e niçin karışmaz?

Bakındım, yardım yok. Bu soruya en derin coğrafya hocaları acaba ne cevap verirler? Düşündüm taşındım, ancak şu cevabı bulabildim:

— Karadeniz Boğaziçi’ndeki şeytan akıntısını geçemez de onun için...

Çifte nara raks:

Bilmedi Muhsine kah kah kah
Bilmedi Muhsine kah kah kah

— Merkebin kulaklarını fareye taksalar neye döner?

— Palası enli Çingene maşasına...

Ahenk:

Bilmedi Muhsine bak şuna hele
Bilmedi Muhsine bak şuna hele

— Torununun memesini emerek büyüyen büyükanne kimdir?

— Bilemem. Bilmek için de düşünmeye zihni kudretim müsait değil. Aklım çok karıştı...

Mızıka raks:

Muhsine kaltak
At bize taklak
Lak lak lak lak
Vak vak vak vak

Sağlam imtihanda sıfırı aldım. Bahşedilenler bildirilmeye başlandı:

Gelir olarak: Davutpaşa Çöplüğü, Gedikpaşa Külhanı...

Erzak olarak: Bir küfe salyangoz, birçok kurbağa, kaplumbağa... Çorbalık tespih böcekleri...

Ferahlama için: Bir kafes bokluca bülbülü... Şebekler, köstebekler...

Dağılma borusu öttü, odalarımıza çekildik.

XVI
Kanlı Bir Dövüşme

Döşeğime girdim, fakat uyumak mümkün olmuyordu. İstemeyerek zihnim hep halatı dikiş iğnesinden geçirmekle, suyunu dökmeden kuyuyu baş aşağı etmekle, saymadan bir sepet pirincin kaç tane olduğunu keşfe uğraşmakla, torununun memesini emerek büyüyen büyükannenin yaratılma ihtimaline bir çare düşünmekle meşguldü. Bir tabip muayene etse o gece aklımda mutlak yüzde otuz beş, kırk bir noksan, şuurlu insanlardan ziyade divanelere yaklaşan fevkalade bir düşüklük bulurdu.

Şimdi perilere alışmış, onlara karışmış gibiydim. Hele bu akşamki imtihanda adeta yüzgöz olduk. Bana yardıma gelen peri kimdi? Demek onların içinde beni de düşünen, koruyan var. Bu sakın Hasan'ın perisi olmasın?..

İmtihan meselelerinin zihnimdeki çatallığı çutallığı, karışıklığı içinde Hasan'ın hayali bir ümit ve emel nuru gibi dolaşıyordu. Fakat ben bir daha onu nerede görebilecektim? Mutfak tamiri gibi bir fırsat her zaman ele geçer mi? Demir kapılarla kapalı bir kale içinde yaşıyor gibiydik.

Bu akşam bizimle beraber periler de yorulmuş olmalı ki ortalıkta çıt yoktu. Döşekte içim geçmekteyken hafif hafif oda kapıma vurulur gibi oldu. Hemen davranıp kulak verdim. Tıkırtı gayet çekingen bir şekilde tekrar etti.

Of, yine periler mi? Bu akşam da mı rahat ve huzur yok? Fakat bu gelen, perilerin terbiyeli takımından olacak ki çekingen davranıyor. Kalkıp kulağımı kapıya verdim. Bir daha tıkırdadı. Sordum:

— Kimdir o?

— Benim!

— Sen kimsin?

— Hasan!..

Hakikaten ses onunkine benziyordu. Yüreğim birkaç defa hopladı. Lakin böyle bir sesle Hasan'ın hüviyetine itimat edemedim. Tekrar sordum:

— Sakın sen cin Hasan olmayasın?

— Hayır, Hasan'ın kendisiyim.

— Korkuyorum Hasan... Senin hakikaten insan Hasan olduğuna nasıl emin olayım?

— Kapıyı açınca içeri gireceğimi göreceksin. Peri olsam levha, muska bulunan bir odaya girebilir miyim? Çabuk aç, tehlikedeyim!

İnsan olsun, cin olsun, "Hasan" namında bir delikanlının tehlikede kalmasına gönlüm bir türlü razı olmadı. Hemen başımı örttüm. Her türlü tehlikeyi göze alarak kapıyı açtım. Hasan içeri girdi. Kapıyı tekrar sürmeledik.

Bu hızlı girişle onun peri olduğu hakkında şüpheye mahal kalmadığını anlayarak birden ferahladım.

Minder üstüne karşı karşıya oturduk. Helecanın şiddetinden ikimize de tutukluk gelmişti. Ben bu sessizliği gidermeye uğraşarak:

— Nasıl ve niçin geldin?

— Seni merak ettim...

— Neden?

— Bu akşam haremin iç bahçesinde düdükler, davullar çalındı. Horalar tepildi. Sizin oraya çıktığınızı biliyorum. Sağ salim odana dönüp dönmediğini anlamaya geldim.

— Ee, içeriye nasıl girebildin?

— Bir ağaca çıkarak harem bahçesine atladım. Bahçede gündüz seninle mutfağa getirdiğimiz merdiveni buldum.

Onu köşke dayayarak orta kattaki pencerelerin birinden içeri girdim.

— Yolda hiç periye falan rastladın mı?

— Hiç...

— Çok cesaretlisin... Maşallah Hasan!

Biz böyle ancak bir iki söz eder etmez dışarıda merdivenlerde bir iki pıtırtıdan sonra cin gürültüleri başladı. Hayvanların türlüsü ötüyor, böğürüyor, kişniyordu. Onlara hayli zamandır alışmış olmama rağmen yine betim benzim attı. Fark olunacak derecede titriyordum. Hem bu defaki korkum yalnız kendi canım için değil, en çok sevgili Hasan'ımı düşünüyordum. Onun benim yanımda olduğunu anlarlarsa kim bilir ne yaparlar, ne türlü cezalar vermeye kalkarlar?

Hasan bu fevkalade korkumu gördü. Hemen belini açıp enli kuşağı içinden bir tabanca ile koca bir kama göstererek:

— Ben buradayım, ne korkuyorsun? Vallahi hepsinin canına okurum!

— Aman Hasancığım, hiç perilere karşı kama, tabanca para eder mi?

— Pekâlâ eder, fakat vurmasının yolunu bilmeli.

— Sen bir kişisin, onlar kim bilir kaç ecinni?

— Kaç olursa olsun! Muskalı bir insan, yüz cinle baş eder.

— Ah cahil çocuk, ah!.. Hayatımın artık sana bağlı olduğunu bilmiyor musun? Böyle serkeşlikle olmaz. Sakın kendini tehlikeye koyma. Bize taarruz ederlerse onları ricayla, tatlılıkla savalım.

— Duvarda levha, üzerimizde muskalarımız var. Bu odaya katiyen giremezler.

— Muskaların tesirlerinin de hükümsüz kaldığı saatler varmış. Bana senin perin öyle söyledi. Aman Hasancığım, aman lüzumsuz sertliğe, şiddete kalkışma...

— Sen tasalanma. Ben evelallah seni de kendimi de koruyabilirim!

Bu ara gürültü kesildi. Çok sürmedi yükün içinden ince ince bir tambura sesi başladı. Biraz evvel gösterdiği yiğitliğe, cesarete rağmen bu tambura zımbırtısına karşı Hasan'ın da benzi attı. Dişlerinin arasından bir şeyler homurdanmaya başladı. Çarpıntıdan boğula boğula Hasan'ın kulağına eğilip yavaşça dedim ki:

— Hasancığım, senin perin geliyor. Sana ne kadar benzediğini şimdi görerek hayrette kalacaksın...

O cevap vermedi. Parmaklarının ucunu alnına götürerek derin bir tefekkürü gösterir şekilde ovaladıktan sonra, o da benim kulağıma gayet yavaş:

— Beni bu odada bir yere saklayabilir misin?

Etrafıma bakındım. Gözüme dolap iliști. Evet, Hasan'ın meydanda bulunmamasını ben ondan çok arzu ediyordum. Onu kurtarmak için her türlü tehlikenin bana çevrilmesine razıydım.

Yavaşça yine kulağına:

— Sen dolaba gir, içi büyüktür... Ben üzerine kilitleyip anahtarı bir yere saklayayım.

— Dolaba girerim ama sakın üzerime kilitleme.

Hemen Hasan'ı dolaba soktum. Kapısını kapayacağım esnada elimden tutarak:

— Ne hal olursa olsun... Sakın korkma ha! Ben burada tetikte hazırım. Saçının bir teli için canımı feda ederim.

Başörtümü çıkardım. Güya odada tek başımaymışım gibi döşeğime girdim. Tamburayla beraber maniler başladı. Bunlar gayet âşıkane yalvarışlar şeklindeydi.

Zavallı saf Hasan! Perilere karşı lololo[1] olur mu? Benim onu dolaba sakladığımı onlar anlayamazlar mı? Bakalım maceranın devamı ne şekilde cereyan edecekti? Galiba iş Hasan'la benim boğulmamızla son bulacaktı.

Tamburalı peri yükün arkasından tatlı niyazlarla beni kucağına davet ediyordu. Kabul etmeyişimden dolayı birdenbire hiddetlendi, yamyamca beyitlere başladı. Âdetini biliyorum zaten... Küttedek yük kapısı açıldı! Şaşırdım, korku dolu bakışlarım önünde peyda oluveren bu peri, Hasan'ın perisi değildi.

---

1 (argo) Kabadayılık, gösteriş, oyun, dalavere.

Bu kâtip kıyafetinde, zayıfça, soluk benizli, orta boylu, İstanbullu bir delikanlı perisiydi. Soğuk bir gençti. Hiç hazzetmedim.

Yalvaran bakışlarını süzerek, gayet düzgün bir telaffuzla:

— Elmasım, üç kat göğü, yedi deryayı, dağları sahraları aşarak buraya senin için geldim. Niçin yalvarışlarıma rıza göstermiyorsun?

Dolaptaki Hasan'ın bu çelimsiz periyi haklayacağına hiç şüphem kalmadı. Hemen bütün cesaretimle cevap verdim:

— Yedi deryanın arkasından seni buraya kim davet etti? Gelmeyeydin... Sanki bu evde peri kıtlığı varmış!..

— Efendiciğim, beni ta oradan buraya getiren senin güzelliğinin cazibesidir. Bir Hint perisi güzelliğinin övgüsünde bulundu. Aşkınla bikarar kaldım. Merhamet...

— Ta Hint'ten buraya kadar benden başka güzel bir kadın bulamadın mı? Yazık senin periliğine!

— Şekerim, gönül kimi severse güzel odur. Aşkla bağlanan kalpler kendi ruhlarının tapındıklarından başkasıyla ateşlerini söndüremezler...

— Ben bir hizmetçi kadınım. Bu kadar ince lakırdılardan anlamam. İrfanca sen kendi ayarında bir peri bul da onu sev!

— Canımın içi... Benim artık senden başkasına muhabbet gösterebilmeme ihtimal yoktur. Sevdiğim yalnız sensin ve ebediyen sen olacaksın.

— Benden bu kadar hoşlandınsa sana bir kolaylık söyleyeyim...

— Ha şöyle, biraz yola gel Muhsineciğim...

— Ben yola ize gelememem beyefendi, bunu katiyen aklından çıkar. Ben tam manasıyla ırz ehli bir kadınım. Bu noktaya iyice balmumu yapıştır.

— Söyleyeceğin kolaylık nedir?

— Mademki benden bu kadar hoşlanmışsın... Benim utanmaz, arlanmaz, hayâsız, kaltak bir perim var. Git onu bul! O senin aşk ateşini söndürür de öte tarafa bile geçer. Sanki yarım elmanın yarısı o, yarısı ben. O kadar bana benziyormuş.

— Sen perini nerede gördün?

— O aşüfteyi cinler şeytanlar görsün! Ben görmedim, söylediler.

— Kim söylüyor?

— Orası da senin üstüne vazife değil...

— Haber ver rica ederim, kim söyledi?

— Ya sabır! Canım peri değil misin, anla. Size her şey malum ve aşikâr imiş... Dur daha lakırdımı bitirmedim. Bu kahpe geceleri selamlıktaki heriflere gidip "Ben Muhsine'yim" diye kendini takdim ettikten sonra evlere şenlik anadan doğma soyunarak vuslatına davet edermiş.

— Vay sen geceleri selamlıktaki heriflere mi gidiyorsun?

— Kafasız! Ben değilim canım... O perim olacak süpürge karı gidiyormuş. Lakırdıyı anlasana! Sen de perilerin en ahmak cinsindenmişsin ya...

— Merak etme anlarım.

— Ne vakit? Yarın gece mi anlayacaksın? Bu da tuhaf...

— Yarın gece, öbür gece elbette anlarım...

— Eh, benim bu gece söylediğimi sen yarın gece anla da sonra konuşalım... Çekil git, artık yetişir! Geceniz hayrolsun...

— Bu akşam vuslatına ermedikçe kabil değil buradan gitmem.

— Demek ki benim ırz ehli bir kadın olduğum hakkındaki teminatıma inanmıyorsun...

— İnanıyorum. Fakat elbette tesirli istirhamlarımla benim sevda ateşimden kalbine bir kıvılcım sıçrar, bana merhamet edersin.

— Cin beyefendi, pek nafile yoruluyorsun.

— Muhsine Hanım, ben sana açıkça bir şey söyleyeyim mi?

— Nafile, yüreğini tüketme...

— Dinle, dinle, rica ederim. Bir insanın perisi temsil ettiği vücudun ahlak ve iffetçe her bakımdan tam bir benzeri olur. Sen hafifmeşrep bir kadın olmasan perin de o kadar oynak olmaz.

— Halt etmişsin!

— Sen peri inadının ne olduğunu bilmiyorsun. İsteğime nail olmadıkça bu gece bu odadan çıkmam diyorum sana. Sen de bu sözüme balmumu yapıştır.

— İstediğin kadar bekle. Ben bu uğursuz köşkte ne ayı gibi periler gördüm. Eğer şu göründüğün nazik şekilden daha fazla büyümezsen tek başıma Huda'ya minnet ben sana haddini bildiririm.

— Ya bir gulyabani kadar karşında büyürsem?..

— O zaman yüke sığmazsın ki...

— Yükleri parçalayamaz mıyım? Büyüyeyim mi?

— Rica ederim büyüme! Bulunduğun şekilde kal. Çünkü gulyabani şekli hiçbir kadın nazarında rağbet ve muhabbete mazhar olamaz.

— Demek şu şeklimle bir kadının muhabbetine mazhar olabilirim.

— Belki benden başkalarının... Rica ederim, sizden bir şey soracağım...

— Emret!

— Benim bu evde tesadüf ettiğim periler hep ikiz. Sen Hint perisisin değil mi? Senin mutlaka bir insan tekin olacak... O kim? Yani sen kimin perisisin?

— Bu köşkün efendisi Şevki Bey'in...

— Teşerrüfüme vallahi memnun oldum. Ekmeğinizi yiyorum. Velinimet ismini işitiyordum, fakat henüz yüzünü görmemiştim. Şevki Bey'in perisi, asıl beyefendi nerede ikamet buyururlar.

— İstanbul'da.

— Şevki Beyefendi İstanbul'da oturur da perisi Hindistan'da mı gezer?

— Biz bir mekânda durmaktan sıkılırız. Bir anda dünyanın bir ucundan öbür ucuna seyran bizim için pek ehemmiyetsiz bir uçuştur.

— Benim perim olacak kaltak acaba şu anda nerededir?

— Kim bilir?.. Okyanusta mı, Çin'de mi?

— Hay kahrolası sürtük hay! Ben bu köşkün dört duvarından dışarı çıkamıyorum, bak o nerelere gidiyor. Her gittiği yerde namımı lekeliyor. Buna her nerede rastlarsan rica ederim terbiyesini ver.

— Sen bana adağını eda et, ben de senin emrini yerine getireyim.

— Benim adağım neymiş?

— Bu gece bana boyun eğmek... Bu perili köşkün kanunu böyledir. Bütün yeni gelen kadın hizmetçiler birer defa adak olarak kendilerini cinlere bağışlarlar.

— Tuhaf şey... Köşk namını verdiğiniz bu peri kuyusuna düşen bedbaht hizmetçiler, her gece kendilerini bir periye peşkeş çekmek mecburiyetinde midirler?

— Her gece mi?..

— Öyle ya, her gece bu yükten başka başka erkek periler çıkıyor. Âşık Garip gibi hepsi de sazlı destanlı...

— Acayip?.. Anlat bakalım, kimler geliyor?

— Bu köşkün beyinin perisisin de bu olan işlerden haberin yok mu?

— İsimlerini biliyorsan söyle...

— İsimleri de yere batsın, kendileri de... Samsam, Gamgam, Yamyam gibi işte böyle karın ağrısı isimler.

— Haydi haydi, vaktim yok...

— Vaktin yok mu? Acelen ne? Hindistan'a mı gideceksin? Nereye gideceksen defol! Ben senin anladığın hizmetçilerden değilim.

— İsteğime nail olmadıkça bir yere gitmem...

— Şevki Bey'in perisi, sen hizmetkârlarından daha sırnaşıkmışsın ya!.. Defol diyorum sana...

— Şimdi büyürüm ha!

— Büyü! Büyü de o meşum yük paralansın, uğursuzluğundan ben de kurtulayım...

— Büyür büyür, bir gulyabani kesilirim. Dehşetli görünüşümden bayılırsın, yanına girerim. İyilikle razı ol... Beni ifrit etme!

— Aman yavaş gel! Yanıma giremezsin...

— Neden?

— Boynumda muskam var. Duvardaki levhayı görmüyor musun?

Şevki Bey'in perisi bir kahkaha salıvererek:

— Aman ne safdil kadınmışsın!..

— Niçin?

— Ben perilerin öyle muskadan, levhadan ürken cinsinden değilim. İstediğim anda yanına girebilirim.

— Ne haddine! Ne haddine!

— İşte sözünü çürütmek, iddiamı ispat için geliyorum.

Bu sözü akabinde Şevki Bey'in perisi yükten atlayıp yanıma geldi...

Zangır zangır titreyerek bütün cesaretimi toplayıp:

— Muskadan korkmuyorsun? Öyleyse sen perilerin en yezidi, en kâfirisin!

— Anladın mı şimdi? Sözüm doğru muymuş? İstesem şu anda seni bir ineğe, bir dev anasına, bir dişi gulyabaniye çevirebilirim.

Çenem tutuldu, artık cevap veremiyordum. Peri devam etti:

— İnat etme de ikimiz de insan şeklinde kalarak kucaklaşalım. Aşkın lezzeti böyle çıkar.

İçimden, "İki gözüm Rabbim, sen beni koru... Şimdi bu kuduz peri, beni ineğe çevirirse bütün köyün boğaları üzerime saldırır. Erkek perilerden korkarken bir de kırlardaki azgın tosunların zamparaca taarruzlarına mı uğrayacağım?" diye duaya başladım... Dudaklarımı zor kıpırdatarak:

— İnek olmak istemem, boğalardan pek korkarım! mırıltısıyla yalvarmaya başladım.

Şevki Bey'in perisi pürneşe kesilerek:

— İneğe çevirdikten sonra seni kıra salıveririm. Dölünü alırım. Bu sene sütünle hem buzağını hem de çiftlik ahalisini beslersin. İnek ahırında geviş getirdiğini görenler senin o zavallı, güzel Muhsine olduğunu anlayamazlar.

— Sen sakla Rabbim! Sen sakla Rabbim!

— Boğadan hoşlanmıyorsan insana razı ol!

Cin üzerime saldırdı. Alt alta, üst üste boğuşmaya başladık. O anda şiddetli bir gürültüyle dolabın kapısı açıldı, Hasan dışarıya fırladı. Şevki Bey'in perisi Hasan'ı görünce beni bıraktı. Evvela fena halde şaşırdı, bozuldu. Sonra fevkalade hiddetli, emredici bir tavır alarak:

— Vay edepsiz! Sen burada tek başına harem dairesinde bir kadının dolabında ne arıyorsun?

Hasan aynı hiddetle:

— Vay edepli bey, sen burada tek başına iffetli bir hizmetçi kadının odasında ne geziniyorsun?

— Ben evimin içindeki hareketlerimden hizmetçilerime hesap vermeye mecbur değilim.

— Efendilik uşaklık ev hizmetlerine ait olan namuslu vazifeler arasında aranır. Böyle karanlık işlerde mert bir hizmetkâr, namussuz bir efendiye haddini bildirmek salahiyetine sahiptir.

— Vay, sen mi bana haddimi bildireceksin!

— Kudretimce...

— Haydi defol terbiyesiz! Beni günaha sokma. Yarın terbiyeni verir, hesabını görürüm.

— Seni burada masum, iffetli bir kadınla yalnız bırakıp bir yere gitmem.

— Hah hah hay! Dolabına bir delikanlı gizleyen kadının bana iffetinden bahsediyor.

— Şevki Bey'in perisi, ağzından çıkanı kulağın işitsin.

— Vay!..

— Kurt kudurunca kaplanı paralayabilir. Bu kadının iffeti hakkında karşımda dil uzatılmasına tahammül edemem, çünkü nişanlımdır.

Peri alaycı bir kahkaha salıvererek:

— Ne yapalım ki Muhsine Hanım sana nişanlanmadan evvel benim odalığım[1] oldu!

— Yalan söylüyorsun habis! Dolaptan ben hepsini duydum.

— Sen dolapta bu gece bulundun. Ben her akşam buraya Şevki Bey'in suretinde gelmem ya? Sana nişanlanan bu hanım, senden evvel birçok cinle gerdeğe girdi. Geç kalmışsın ahmak!

---

1 Eskiden bir erkeğin nikâhsız olarak aldığı kadın, cariye.

Hasan hakikaten kudurmuş bir kurt şiddetiyle Şevki Bey'in perisi üzerine saldırdı. Yakasından tutarak dut ağacı silker gibi bir iki sarstı. Perinin çenesini omuzlarına çarptı. Hasan'da gittikçe gözler dönerek:

— Bu lanetli çiftlikte birkaç kadının kanına girdiniz, fakat bunun kılına dokundurmayacağım. Alimallah bu batakhaneyi bütün cin avenesiyle birlikte yakarım, bir kişi kurtulamaz! Senin ne Allah'ın huzuruna ne de bir mahkeme heyeti karşısına çıkacak yüzün yoktur. Şevki Bey'in perisi, haydi önüme düş de edebinle buradan çık! Bir daha da bu kadının odasında görünme.

— Hasan o kadar çocukça söylüyorsun ki sana karşı bir düşman mevkiinde bulunduğum halde bile bu ahmaklığına acırım. Bu evden ne senin ne de bu kadının dirisi çıkabilir.

— Öyleyse ben seni şuracıkta becerivereyim de senin lanet ellerinde ölmektense cellat elinde can vereyim.

Bu sözü akabinde Hasan kükremiş aslan gibi perinin üzerine saldırdı. Altına alarak hırpalamaya başladı. Fakat o aralık peri bir ıslık öttürdü. Yükten dört tane tüylü peri canavarı çıktı. Hasan'ın üzerine atıldılar. Odanın ortasında bu altı can arasında son derece müthiş bir boğuşmadır başladı. Bu cehennemde geçirdiğim elim gecelerin bu en korkunç, en yürek paralayan vahşi sahnelerindendi.

Hasan kuvvetli yumruk ve tekmeyle hepsine erip yetişiyor, kiminin karnına, kiminin kafasına, kiminin beline, kiminin göğsüne indirdiği aslanca darbelerle her birini bir tarafa fırlatarak hücumlarını defediyordu. Yazık ki Hasan tek, onlar beşti. Bu kanlı dövüşme hayli sürdü. Nihayet Hasan mağlup düştü. Biçare çocuk:

— Benim iki tane aslan gibi biraderim var. İntikamımı sizde bırakmazlar. Her türlü tedbire başvurdum. Ben sizin elinizde değilim, siz benim elimdesiniz. Sonra görürsünüz! feryatlarında bulunuyordu.

Beşi birden üzerine çullandılar. Hasancağızın sesi kesildi. Karga tulumba ederek yükün içine çektiler. Yük kapısı kapandı. Artık bir ses işitilmez oldu.

XVII
Hanımefendinin Nefesi

O gece geçirdiğim azabın zerresini belki cehennemin en dayanılmaz, en şiddetli cezalarına uğrayacaklar çekmeyeceklerdir. Hasan'ın bir tabut gibi beş hunhar cinin intikamcı kolları üzerinde ölüm çukuruna götürülmesinin feci manzarası, ömrümün bu en siyah matem sahnesi, gözlerimin önünden gitmiyordu.

Döşeğime giremedim. Kendimi yerden yere, duvardan duvara çarparak kalbimin durmayıp kanayan bu ebedi yarasını, bu can yakan ıstırabını gerçek acılarla bastırmaya uğraşıyordum. Boğazı yarı kesilerek henüz ölememiş bir koyunun son debelenmelerini andırır çırpınışlarla oradan oraya kendimi vurdum, yerlerde süründüm.

Şafak attı. En kara günüm yaklaşıyordu. Yarın akşam katledilme sırasının bana geleceğini biliyordum. Evet, beni de öldüreceklerdi. Öldürsünler. Hakkımda büyük bir lütuf yapmış olurlar. Fakat Hasan'ımın o acı veren ayrılığıyla ta can evimde yanan ateşin şiddetine koca bir gün nasıl dayanacaktım? Öldüreceklerse bu sevabı o anda işlesinler!

Cinlerin hayalleri ateş dişli zebaniler gibi gözlerimin önünde dolaşmaya başladı. Bunlar peri oldukları halde Hasan'la bir müddet niye baş edemediler. Mazlum Hasancığım ile Şevki Bey'in perisi arasında geçen konuşma cin kavgasından ziyade adeta insan tartışmasına benziyor, Hasan hasmını Allah'ın azabıyla, mahkemeyle tehdide uğraşıyor, iki aslan kardeşinin bu intikamı onlarda bırakmayacağını, her türlü tedbire başvurduğunu söylüyordu. Bu sözler pek mühim sırlara işaret ediyor olabilir... Bu lakırdıların ben burada canlı şahidi oldum. Şevki Bey'in perisi elbette beni sağ bırakmaz.

Kalbimde uyanan bu şüphe üzerine yükü açtım. İçinde ne varsa boşalttım. Var kuvvetimle her tarafını tekmelemeye başladım. Hiçbir yerinden bir kıymık bile oynamadı. Bu altı kişinin rüzgâra dönüştükleri farz edilse bile buradan dışarı geçmelerine imkân düşünülemezdi.

Yarabbi, ben ne büyük bir belahaneye düşmüşüm! Bunlar cin mi? İfrit mi? Şeytan mı? Hangi tür kötü mahlûkatındandır?

Odamdan çıktım. Doğru Ruşen'in yanına gittim. Zavallı Arapcağız hem hazin hazin ağlıyor, hem dudaklarının arasından bir şeyler okuyordu. Şeytan ile Şah da birer tarafına oturmuşlar, yüzüne bakıyorlardı. Hemen:

— Ne var abla? dedim.

Şahadet parmağını ağzına götürerek bana sükût işareti verdi. Sustum. Beş on dakika kadar duasına devamdan sonra etrafına üfleyip püfledi. Matemli bir çehreyle bana bakarak ağır bir telaffuzla:

— Duymadın mı?

— Neyi?

— Bu sabah kavak ağacında üç defa baykuş öttü.

— Bu neye alamettir?

— Bu gece yine birisini boğdular. Bizden mi, erkeklerden mi bilmem... Elhamdülillah, seni sağ gördüm. Acaba Çeşmifelek'le hanımefendi de hayattalar mı?

Ben olanca matem avazımı salıvererek kendimi odanın ortasına attım. Ruşen şaşırdı:

— Kız ne oluyorsun! Çıldırdın mı?

— Çıldırdım ablacığım... Çıldırmıştan da fenayım... Beni niçin boğmadılar da onu boğdular?

Ruşen bütün bütün alıklaştı. Beni çeyrekleyerek[1] okumak için üzerime geldi. Ben hançeremin bütün kuvvetiyle bağırıyordum:

— Bırak beni, okuma! Ben boğulmak isterim! Hepiniz bir araya toplanıp boğazımı sıkınız! Sevaptır, beni çabuk öldürünüz. Merhametiniz yok mu, gebertiniz!

Bu acı feryatlarımı duyarak kalfa da aşağıya koştu. Ruşen, Çeşmifelek'i görünce sevinçle göğsünü sıvayarak:

— Oh Rabbim, memnun oldum! Sen de sağmışsın kardeşim!

---

1 Yatan birinin sağ elini sol ayağı, sol elini sağ ayağına dokundurarak yaptırılan hareket.

Kalfa — Bu feryatlar ne?

Ruşen — Kavakta öten kahkaha kuşunu duymadın mı?

Kalfa — Duydum. Yine evin içinde ne uğursuzluk oldu diye korkudan odamdan dışarıya çıkamıyordum.

Ruşen — Hanımefendi sağ mı?

Kalfa — Sağ ama besbelli o da baykuşu duymuş olmalı ki kederinden haykırıyor, yeri göğü koparıyor. "Yine kime kıydılar?" ahlarıyla çırpınıyor, matem ediyor.

Ben olanca avazımla:

— O baykuşa söyleyiniz ötsün! Bu evde sağ bir fert kalmayıncaya kadar ötsün! Bu köşkün bir aile yuvası değil, cinlerin eline geçmiş bir mezarlık olduğunu âlem görsün. Durmayalım, ölelim! Onlar bizi boğmaya üşeniyorlarsa biz birbirimizi boğalım.

Çeşmifelek afallayarak Ruşen'e sordu:

— Bu kadına ne oldu?

— Bu gece o zavallının üzerine uğramışlar. Kendilerine karıştırmışlar. İyice bozmuş. Abuk sabuk söylüyor.

Ben yine haykırarak:

— Abuk sabuk söylemiyorum! Bozmadım! Ben de boğularak onun yanına gitmek isterim. Mezarı neredEdir? Söyleyiniz?..

Kalfa — Kimin mezarı kızım?

Ben — Nişanlımın.

Ruşen — Ne dediğini bilmiyor. Pek fena çıldırmış.

Ben — Siz çıldırmışsınız! Ben niye çıldırayım? Ölmeden evvel iki aslan kaynımı görmek isterim.

Ruşen — Kız senin kocan var mıydı?

Ben — Yoktu...

Ruşen — Hazen kebira[1], kocası olmayanın kaynı olur mu?

Ben — Pekâlâ olur.

Kalfa — Vah zavallı taze! Aklı zıvanasından büsbütün çıkmış.

Ruşen — Sana bu gece hangi peri sataştı?

---

1 "Allahım sen büyüksün."

Ben — Şevki Bey'in perisi.

Ruşen — Hay Allah'a sığındım. Cinlerin en azgınına, en sunturlusuna uğramış!

Ben — En domuzuna...

Ruşen — Kız sus, şimdi seni boğarlar.

Ben — Boğsunlar diyorum, yalvarıyorum, işitmiyor musunuz? Bu dünyada ne kadar lanetleme, sövme, sayma, pislik, küfür varsa bu Şevki Bey'in ölüsüne dirisine okuyup üfleyip göndereceğim.

Kalfa — Kız sus! Kendinle beraber bizi de mi boğdurtacaksın?

Ben — Boğulun diyorum karılar! Bu cinli kerhanede ne yaşıyorsunuz? Sizin hiç aklınız, izzet-i nefsiniz, namusunuz yok mu? Ben buraya hizmetçiliğe mi geldim, perilere odalıklığa mı? Bir tanesini gönlüm sevdi. O başka... Bir fenalığım varsa Cenabıhak cezamı versin. Yemin ederim, eli elime değmedi. Nikâhtan sonra birbirimizin olacaktık. Benim orospu perim ile yedi deryayı, bilmem kaç dağı tepeyi aşıp da gelen o Hint perisi deyyusu işimi bozdular.

Kalfa — Vah, vah, vah!.. Sözlerinden bir mana çıkmıyor ki... Set sepet diyor... Şimdi bu kadını ne yapalım Ruşen?

Ruşen — Aa, ben bilmem, şaşırdım! Bu evin delilikleri adamdan adama bulaşır. Bilmez misin dışarıda bir uşak çıldırdıydı. Sonra delilik iki adama daha bulaştıydı. Şimdi bundan bize de geçerse ne yapalım? Zaten korka korka bir parçacık aklımız kaldı.

Kalfa — Korkma Ruşen, ben kaç senedir hanımefendiyle beraber gibiyim, bana geçti mi?

Ruşen — Hanımefendi bunun yanında kazasker efendi gibi uslu akıllı kalır. Bu zırdeli olmuş.

Kalfa elimden tutup beni muayene etmek isteyerek:

— Bak bana kızım, Muhsineciğim, ne oldu sana?

Ruşen telaşla:

— Yanına yaklaşma ayol! Sözüme inanmıyor musun? Bu evin deliliği kolera gibidir, birbirine geçer... Biz de çıldırırsak o yukarıdaki kadına kim bakar?

Kalfa — Benim aklıma bir şey geliyor. Hanımefendinin nefesi vardır. Bunu yanına çıkarıp da bir nefes ettirsek... Belki iyi gelir.

Ruşen — Bilmem vallahi! Delinin nefesi deliye iyi gelir mi?.. Haydi gidip hepimiz okunalım. Hafifliktir.

Kalfa — Kızım Muhsine, seni hanımefendinin yanına götürüp bir nefes ettirelim. Gider misin?

Ben — Giderim. Zaten ben o muhterem kadını ölmeden bir kere görmek istiyordum.

Kalfa bir koluma, Ruşen ötekine girdi. Hanımefendinin odasına çıktık.

Yanına girdiğimiz zaman kadını:

— Kırk küp kulpu dibi kırık küp.

diye dil dolaştırıcı çetrefil sözler ezberlemekle meşgul bulduk. Bizi görünce:

— Akşama sabaha doktorlar gelir, yine beni kekeme gibi söyletirler. Dersimi ezberliyorum... dedi.

Biçare kadın daha dün gece perilerin en akıllı olanları çıldırtacak imtihanlarından zeki bir talebe zaferiyle kurtulmuştu. Şimdi de doktorlara karşı bilmem ki hangi mecburiyetle vereceği manasız kem kümlerden ibaret saçma dersini ezberliyordu? Hepimizin yüzünde ayrı ayrı şefkatli bakışlarını dolaştırdıktan sonra:

— Bu sabah üçünüzü bir arada, hayatta gördüğüm için bahtiyarım. (Eliyle kavak ağacı tarafını işaret ederek) Sabaha karşı yine orada ölüm tellalı olan o meşum hayvan uğursuz kahkahalarını salıverdi. Yine hangi mazlumun ölümüne gülüyordu bilmem...

Ben hemen güllabilerimin[1] ellerinden kurtulup kendimi yere atarak haykırdım:

— Nişanlımın ölümüne!.. O tellal bu akşam da benim idamım için gülecek... Sakın kederlenmeyiniz, siz de beraber gülünüz...

---

1 Güllabi: Eskiden akıl hastanelerinde kırbaçla hastaları terbiye eden gardiyan, hademe, güllabici.

Hanımefendi birdenbire şaşırarak üzüntüyle:

— Aaa!.. Bu bedbahta ne olmuş? Ne söylüyor o?

Kalfa — Abuk sabuk efendim...

Ruşen — Dün akşam perilerin en sunturlusuna uğramış. Maazallah, bir Hindî imiş...

Hanımefendi — Kaz, ördek o kadar tehlikeli değil de hindi niçin bu kadar azgın oluyor?

Ruşen — Öyle değil efendim, bu bir Hint perisiymiş. Bilmem kaç deniz aşırıdan gelmiş.

Hanımefendi — Vah vah vah!.. Ecinni perileri insanı böyle fena çarpar. Bu kadıncağızın kabahati neymiş?

Ruşen — Kabahati büyük... Şerbetlerini tütsülerini unuttu. Dün akşam imtihanda da iyi cevap veremedi.

Hanımefendi — Bunun acemiliğine insaf, merhamet etmek yok mu?

Kalfa — Kadınım, sizin böyle şeylere karşı pek tesirli nefesiniz vardır. Bu zavallıyı okusanız...

Hanımefendi — Gel kızım, nefes edeyim.

Hanımefendinin karşısına diz çökerek oturdum. Güya benim pek şiddetli başım ağrıyormuş gibi yumuşak ellerinin başparmaklarıyla alnımın ortasından şakaklarıma doğru başımı sıvaya sıvaya okumaya, yüzüme püflemeye başladı. Sonra ellerini omuzlarımdan aşağıya indirerek boydan boya bütün vücuduma mesh ederken:

— Vah vah, zavallının en ince damarlarına varıncaya kadar bütün vücudunu kaplamışlar. Hint'ten kırbalarla su getirtip bu kıza üç defa gusül ettirmedikçe bunun vücudundan çıkmazlar.

Ruşen — Hint'ten buraya kadar kırba kırba suyu kim taşıyacak efendim?

Hanımefendi — Cinlerin sakabaşı[1] Ebuldevran.

Kalfa — Onu nerede bulalım efendim?

Hanımefendi — Bu akşam davet ederiz. Güzellik Dağı'ndan biraz üzerlik, Geyik ovasından biraz kekik, Nardıç'tan

---

1 Eskiden evlere dışarıdan su taşıyanlara saka denirdi, sakabaşı da sakaların amiri, sorumlusu olan kimse.

ardıç, Kavacık'tan kabacık tohumu getirtmeli. Elifbanın üç ve iki noktalı harflerinden nokta çalarak noktasız harflere ilave etmeli, lâmelifleri ters çevirmeli, diğer harfleri ısırmasın diye sin'lerin dişlerini sökmeli, ayın'ların gayın'ların ağızlarını bağlamalı, cim'lerin çim'lerin hı'ların karınlarını doyurmalı, şın'ların nun'ların[1] teknelerine bal koymalı, hepsini bir araya toplayarak bu kızı tütsülemeli.

Ruşen — Ah iki gözüm hanımcığım! Bakınız neler biliyor. Siz azılı harflerin ağızlarını bağlayınız, karınları aç olanları ben doyururum.

Hanımefendi vücudumu ovuştururken yavaşça kulağıma eğilerek:

— Kızım, bu saçmalarıma bakma. Ben ne kadar abuk sabuk söyler, deli tavırları gösterirsem bu evin perileri o kadar memnun olurlar. Burada akıllı uslu durmaya gelmez. Onların maksatları bizim hepimizi çıldırtmak, kızıl deli yapmaktır. Elimden geleni yapmaktan geri durmayarak seni kurtaracağım. Onların ellerine bırakmayacağım.

— Hanımefendiciğim, nafile uğraşmayınız. Hint'ten seksen kırba su getirtseniz beni kurtaramazsınız. Bana göstermeye çabaladığınız bu büyük iyilikten dolayı size büyük fenalıklar gelmesi muhakkaktır. Bırakınız beni boğup intikamlarını alsınlar.

Hasan'la olan aşk maceramı, geçirdiğim son müthiş geceyi bütün tafsilatıyla hikâye ettim. Halin son derece vahim olduğunu anlayarak hepsi dehşet içinde kaldı.

XVIII
Hepimiz Hakkında İdam Hükmü

Yaklaşmakta olan bu korkunç gecede, bu üç kadın beni perilerin şiddetli intikamlarına karşı yalnız bırakmaya razı olamadılar. Hasan'la olan aşk maceramdan dolayı kalfa ile

1 Osmanlı alfabesinin bazı harfleri: لا (lâmelif), س (sin), ع (ayın), غ (gayın), ج (cim), چ (çim), خ (hı), ش (şın), ن (nun).

Ruşen uzun uzadıya beni ayıplayıp kınadılar. Fakat hanımefendinin ısrarı üzerine, cinlerin hepimizin ayrı ayrı odalarda yatmamız hususundaki tecrit kanunlarının ilk defa aksine hareketle o gece dördümüz bir odada yatmaya karar verdik. "Bizi boğacaklarsa hepimizi bir arada telef etsinler, birbirimize ne olduğunu görelim" tevekkülüyle hep boyun eğdik.

Akşam oldu. Perilerin şerbetlerini, tütsülerini verdik. Her zamanki hizmetlerinde kusur etmedik. Yemeğimizi hanımefendinin odasında birlikte yedik. Sular karardı. O akşam bizim için kim bilir nasıl esrarlı facialar gizleyen gecenin karanlık perdeleri yavaş yavaş örtülüyor, gecenin bu karanlığıyla beraber korku ve helecanımız da artıyordu. Cinlerin hüküm sürdükleri karanlığa giriyorduk.

Onların girmelerine mâni olamadığını bildiğimiz sürmeleri beyhude bir ihtiyat olarak sürdük, mumları yakıp perdeleri indirdik. Geceyle birlikte başlayacak felaketimizi bekleyerek hepimiz bir köşeye büzüldük. Sofalarda kopacak korkunç gürültüleri bekliyorduk. Her zamankinin aksine bu gece o koca, ıssız köşkün hiçbir tarafından çıt çıkmıyordu. Bu derin sükûtu, kopacak fırtınanın dehşet derecesinin garip bir alameti sayarak bu sessizlikten de korkmaya başladık. Yoksa bu mustarip bekleyişimizin aksine cinler, hikmetine akıl ermez bir tuhaflıkla bizi bu gece rahatsız etmeyecekler miydi? Hayatımızın bir dakika sonrasından emin olamayarak geçirdiğimiz elim tereddütlerle huzursuz olurken birdenbire odanın içinde "Hu hu hu hu huuuuu!.." diye, uğursuz nidasıyla bir baykuş öttü. Ses hemen kerevetin sağ ucundan geliyordu. Oraya bu uğursuz gece kuşu saklanmış olsun... Buna hiçbirimiz ihtimal vermiyorduk. Fakat orada öttü. Bu hakikat de reddedilemezdi. Hepimiz titreyerek felaketin gerisini bekledik. Azıcık durdu. Baykuş bu defa kerevetin sol tarafında bir daha öttü. Biraz sonra kerevetin ortasında öttü. Nihayet yükün üstünde, tavana yakın bir noktadan dördüncü defa olarak yine "hu hu"layıp sustu. Hayli bekledik. Artık bu uğursuzluk saçan ses tekrarlanmadı. Hanımefendi hazin bir sızlanışla:

— İşte tam dört kişiyiz. Dört defa öttü. Bu gece dördümüz de idama mahkûmuz.

Kalfa ağlayarak:

— Bu gece zıtlarına hareketle onları pek kızdırdık. Bari hepimiz ayrı ayrı odalarımıza çekilsek...

Hanımefendi — Aleyhimizde idam hükmü bir kere verildi. Bundan sonra nereye kaçsak beyhudedir.

Dehşetli bakışlarımızın önünde böyle "hu hu"larla açılan korkunç sahnenin görünmez oyuncuları dramın devamına giriştiler. Odanın içinde neredeyse aramızdan gibi acayip bir kadın sesi:

— Kuşların havladığı, köpeklerin öttüğü vakit yerden göğe kar yağarken ben dondurma kutusunda buram buram terliyordum. Fili karıncaya yüklediler. Akdeniz'i fındık kadar bir çekmeceye kilitlediler. Körlerin nakış işledikleri karanlık gecede kolsuz bacaksız cambazların ipte parende attıkları zaman sen neredeydin?

Yine gaipten bir erkek sesi cevap verdi:

— Keşiş Dağı'nı tekneye koyup hamur gibi yoğurdular. Ayı karasineklere tutturarak bir kuyuyu attılar. Yıldızların korkularından kahve değirmenine kaçıştıkları, kokanaların hicaplarından donlarını başlarına giydikleri zaman, Arap atları kaplumbağalarla yarış ederken sen neredeydin?

İnceli kalınlı iki ses birden makamla:

Aman pek komik
Uç baba torik
Ekeyim de kokma
Bol asit borik[1]
Badi badi bedmento
Badi badi bedmento

Erkek sesi — Kaltak, işte parolana cevap verdim. Buraya ta Hint'ten geldim.

---

1 Asit borik yeni ilaçlardansa da kafiye hatırı için Muhsine Hanım'ın "tuz"una tercih olundu. (Yazarın notu)

Kadın sesi — Yangın kulesini mum diye fiske şamdanına diktikleri vakit Karun tarihinin yedinci bölümü "Aman ağrıdan ölüyorum!" şikâyetiyle feryat ederken bir alabanda ile Mahmudiye gemisini pirenin boğazından geçirdiler. O zaman Kadıçeşmesi'nde hakemlik eden havaneli seksen beş saati un gibi ufaladıktan sonra turp tohumu diye Vezirbostanı'na ekti. Karara itiraz edildi. Havuçları tepe aşağı diken bahçıvanlar cezaya çarptırıldı. Kılburnu'ndaki kılı cımbız maharetiyle koparan Berber Veli afyon kutusuna sürgün edildi. Hamam anası halvette külhancıyla sevişerek bir "kurnateyn"[1] doğurdu. Bu mühim olaylar sırasında neredeydin?

Erkek sesi — Mahalle kavgasındaydım. Kız Kulesi'ni, dayısı Firuz Ağa'nın rızasıyla Beyoğlu'na nikâhladılar. Büyük amcası Çakmakçılar Yokuşu fitili aldı. Damadı hovarda diye yermişler. Kılıç Ali Paşa yalın pala Cinci Meydanı'na atıldı. Salma Tomruk, Şişli'yle birlikte düşmana saldırdı. Nişancı'nın kuşkulanması üzerine Topkapı Ayakapı ile ittifak yaparken Akbıyık araya girdi. Dava kapandı. Libade'de badeler içildi. Maşuk Paşa düğünde saz çaldı. Şengül Hamamı'nda soğuk algınlığı geçiren Molla Aşki'nin ateşinin yükselmesinden pek gevşeyen azasının tedavisi Kâtip Çelebi'nin ihbarnamesiyle Hekimoğlu'na havale kılındı. *Ruzname-i Havadis*'te böylece yazılıdır.

Yine deminki duetto:

Aman pek komik
Uç baba torik
Ekeyim de kokma
Bol asit borik
Badi badi bedmento
Badi badi bedmento

Facianın birinci meclisi akla ve mantığa pek uygun değilse de neşeli gidiyordu. Hint'ten geldiğini söyleyen perinin

1 İki kurna, çift kurna.

Şevki Bey olduğunu sesinden anladım. Fakat öteki dişi peri kimdi?

Erkek cin komik bir besteyle şu mısraları okudu:

Muhsine'nin perisi
Fena olur gerisi
Şimdi seni çarparak
Yaparım pisipisi

Muhsine'nin perisi mısraını işitince o ümitsizlik içinde garip bir sevinç hissettim. Çünkü ölmeden dünya gözüyle perimi görecektim. Bunların sonraki konuşmalarından Hasan'a dair bir haber almak da muhtemeldi.

Kadın peri inatçı ve kibirli bir sesle cevap verdi:

İyi dinle sen bunu
Perilerin menfuru
Ben de seni çarparım
Olursun Hint maymunu

Keşke ikisinin de iddiası gerçekleşse de birbirini kedi maymun yapsalar, belki biz de şerlerinden kurtuluruz ümidiyle bekliyorduk. Fakat ortada sesten başka göze görünür bir şey yoktu.

Erkek:
Haydi gel yar ol bana
Kucağım açık sana

Kadın:
Maymunla pisipisi
Olur mu eş ikisi?

Erkek:
Gönlümdeki muhabbet
Cezbeder seni elbet

Kadın:
Ben seni sevmiyorum
Hasan'ı bekliyorum.

Erkek:
Biz Hasan'ı öldürdük
Mezarına götürdük.

Tuhaf şey! Tıpkı benim gibi perim de Şevki Bey'in perisinden nefret ediyor, o da şiddetle Hasan'ı seviyordu. Hasan'ı öldürdüklerini böyle açıkça duyunca aşk acısının beynimde tutuşturduğu alevlerin ıstıraplarına artık dayanamadım. Mevkiimizin tehlike ve ciddiyetini unutup diğer üç kadının da hayatları pahasına:

— Ah ifritler! Öyle bir civana acımadan nasıl kıydınız? Ben Hasan'ın diğer yarısıyım. Beni de öldürmedikçe onu büsbütün mahvetmiş olamazsınız. Allah'ın ve bütün kullarının lanetleri üzerinize olsun!

Erkek:
Ver kulağını dinle
Ne diyor bak Muhsine?

Kadın:
Pek fenalık işliyor
Bize lanet ediyor
Haydi gel atılalım
Bir intikam alalım.

Erkek:
Etme hata hiddetle
Hele azıcık bekle
Gulyabani gelecek
Hepsini öldürecek

Karşılıklı şiir okumalar kesildi. Altımızdaki odadan tavan arasına, tavan arasından altımızdaki odaya bir koşuşma oldu.

Dünyaları altüst edecek bir zelzele varmış gibi bulunduğumuz oda sarsılmaya, bütün camlar şangırdamaya başladı. Hanımefendiyle kalfa baygınlığa yakın bir haldeydiler. Doğruyu yanlışı seçemiyorlardı. Yalnız Ruşen birkaç salavat getirdikten sonra bütün kin ve gazabını gözleriyle dudaklarına toplayarak:

— Behey yerin dibine giresi kahpe! Sen Hasan'ın aşkından ölecekmişsin, var geber! Şu bizim ne kabahatimiz var ki ettiğin lanetlerle iyi saatte olsunların gazaplarını hepimizin üzerine çektin?

Zelzele o kadar şiddetlendi ki abla sözüne devam edemeyerek yere yuvarlandı.

XIX
Gulyabani

Bir çeyrek saat kadar sonra zelzele durdu. Yine derin bir sessizlik ve sükûnet başladı. Katledilmemizin gulyabani celladına havale edildiğini artık öğrenmiştik. Hepimiz kurbanlık koyun gibi bekliyorduk.

Bu sessizliği bozarak dedim ki:

— Başınıza bela davet ettiğim için hiddetleniyorsanız beni sofaya, bahçeye, nereye isterseniz atınız. Çünkü ben ölünceye kadar onları lanetlemeye devam edeceğim. Yanınızdan çıkarsam belki benim idamımla yetinir, size merhamet ederler.

Hanımefendi her zamanki sakinliğini koruyarak:

— O geçti kızım. Ömrümüz bu geceye kadarmış... Zaten onlar bizi öldürmek için bahane arıyorlardı. İşte bu vesileyi senin Hasan'la aşkında buldular.

— Mademki ölümlerine mahkûmuz, niçin bu kan içici ifritlere hürmet gösterir gibi titreşiyoruz. Gulyabani melunu nereden çıkacak, bana gösteriniz. Pencereleri açıp hepimiz dizilelim. Onu lanetlerimizle karşılayalım...

Hanımefendi En'am-ı Şerif'i kesesinden çıkararak mum tepsisinin yanına oturduktan sonra:

— Ben zikir ve tevhitle meşgul olacağım. Allah imanımı yoldaş etsin... Canın ne isterse sen onu yap.

Ruşen'le kalfa korkudan uyuşa uyuşa neredeyse yarı hissiz, yarı ölü bir hale gelmişlerdi. Hiç seslerini çıkaramadılar. Ben Hasan'ın ümitsiz aşkıyla gittikçe çıldırıyor, ölümümün gecikmesine tahammül edemiyordum. Pencerelerden birinin perdesini kaldırarak kanatlarını açtım. Epeyce yükselmiş olan ay, felaketimizi seyre çıkmış gibi, biraz küçülmüş aydınlık çehresi ve sessiz bir şahit tatlılığıyla köşke bakıyordu. Aydınlık, sanki bu gecenin felaketlerini örtmeye uğraşan karaltıları derece derece yok etmeye atılıyor, gittikçe ışıklar galip geliyor, gölgeler azalıyordu. Kalbime ahiret ve ölümle ilgili bir hüzün çöktü. Çünkü gönlüm Hasan'ın ümitsiz aşkına bütün acılarıyla mezar olmuştu. Acaba bu mazlumun hakiki mezarı neredeydi? Şimdi yüzüme akseden nurlar, o kayıp makberin üzerinde de hüzünlerini hafifçe titretiyorlar mıydı? Ayın aşk dolu aracılığına emanet ederek sevgilime buseler gönderdim. Şimdilik ben diriydim, o ölü... Fakat az vakit sonra periler beni onun yanına göndermek lütfunda bulunacaklardı. Hani gulyabani nerede? Ölümüm niçin bu kadar gecikiyordu? Onun dev boyunu görmeye hevesli, sabırsız, korkusuz gözlerle ağaçlar arasından gelişini bekliyordum. Bahçenin kenarında bir sırada duran uzun servi ve kavak ağaçları gözlerime onun güzergâhında hürmetle durmuş askerleri gibi göründü.

Ben böyle ümitsizce yârin hayaline dalmışken birdenbire bir boru öttü. Ağaçların altından omuzlarında tüfekleriyle birtakım tüylüler zuhur etti. Bir hükümdarın gelişine hazırlanan askerler gibi bahçenin ortasındaki yolun iki tarafına dizildiler. Peş peşe düdüklerle trampet başladı.

Kendi kendime, "Ahu Baba geliyor! Darağacımız kuruluyor" dedim.

Çok sürmedi. Ta karşıdan, bahçenin derinliklerinden servi ve kavaklarla aynı boy bir minare belirdi. Bu taş kesilmiş cansız bir sütun değildi, yürüyordu.

Tüylüler hep bir ağızdan düdüklere, trampete uydurarak marş gibi bir makamla şu güfteyi tutturdular:

Safa geldin merhaba
Endamı tûbâ[1] *baba*
Hele gördük bir daha
Yoluna canlar feda
Gulyabani babamız
Bizim ulu atamız

Bu korkunç heyula, söylenen kutsayıcı marşla köşke doğru ilerliyordu. Aman Yarabbi! Bu bir hakikat mi yoksa periler bana rüya mı gösteriyorlardı? Gözlerimi ovuşturarak baktım. Ölümü beklemekteki sabırsızlığıma ve korkusuz görünmek için aldığım metanet kararına rağmen bütün damarlarıma büyük bir korku yayılmaya başladı. Pencerenin önünden çekilmek istedim. Fakat nereye kaçacaktım? Bu köşk, bu çiftlik bütün meralarıyla, korularıyla onun malikânesi değil miydi?

Başımı çevirdim. Odadaki zavallılara:

— Hanımefendi, Kalfa, Ruşen! Bakınız alay kuruldu, Yamyam Baba geliyor. Aman Allahım, karnı ne kadar büyük! Bizim hepimizi yuttuktan sonra yine bir hayli boşluk kalacak... dedim.

Onlar bu davetime icabet etmedikleri gibi, korkularından hepsi yüzüstü yerlere kapandılar. Ben Hasan'ımın ruhuna hürmetle son metanetimi göstermeye uğraşarak yerimi değiştirmedim. Evet... Evet, bu canavara ilk lokma olarak kendimi takdim etmek benim için acıların en hafifiydi.

O, dev boyuna uydurduğu temkinli, acayip bir yürüyüşle bahçenin ortasına geldi. Askerlerine selam olarak koca kafasını sağa sola deve gibi salladı. Tebaası yerlere kadar eğilerek hürmetle karşılık verdiler.

Şimdi artık mehtabın yardımıyla şeklinin bütün ayrıntılarını seçebiliyordum. Kazan büyüklüğünde bir baş... Üzerinde o korkunç büyüklüğüyle orantılı beyaz sarıklı bir ka-

---

1 Cennette bulunduğuna ve bütün cenneti gölgelendirdiğine inanılan, kökü yukarıda, dalları aşağıda büyük ağaç.

vuk... Birer lombar deliği zannolunacak bir çift müthiş göz... Ortası tümsek, yarım endaze, azman bir burun... Sekiz on beyaz atın kuyruklarından yapılmışa benzer göğse kadar inmiş bir ak sakal... Bol yenli, topuklara kadar varan morumsu cübbe... Bir elinde çektirme direği büyüklüğünde bir asa... Diğerinde taneleri kaba soğan iriliğinde bir tespih...

Asalı eliyle yardakçılarına bir işaret etti. Müziği keserek, hepsi ağaçların altına çekilip görünmez oldular. Gulyabani biraz daha köşke yakınlaşarak, büyük bir öfkeyle bizim odaya doğru birkaç defa başını salladı. Ben irademe galip bir korkuyla pencerenin kenarına çekildim... En korkulu rüyalarda bile görülemeyen bu dev azmanını perde ucundan seyretmeye başladım. Artık hayatımızdan ümidi kestim, çünkü bu devin adımları önünden bir insan için kaçma ihtimali yoktu. Biz dört değil, yüz kadın olsak buna karşı hiçbir silahla savaş ilan edemezdik.

Daha fazla yaklaştı:

— Kahpeler, terbiyenizi vermeye geldim! azarıyla bir gürledi.

Bu azar karşısında ben kendimi kaybeder bir cinnet haline düştüm. İntihara karar veren bir insan kendini öldürdüğü anda bir tabancayı beynine nasıl sıkar, kudurmuş dalgaların arasına kendini nasıl salıverirse işte aynen öyle son bir ümitsiz cesaretle haykırarak gulyabaniye cevap verdim:

— Azrail olsan bizden alabileceğin bir candan ibaret! Başka ne yapabilirsin?

Ahu Baba bu cüretime müthiş bir hiddetle yine gürledi:

— Vay mekkâre![1] Beni bostan korkuluğu mu zannettin! Seni tahtakurusu gibi ezer, ciğerlerini çıkarıp köpeklere yediririm...

İrademden kuvvetli, korkudan doğan bir dürtü, sanki beni iki koltuğumdan yakalayarak şiddetle odanın bir köşesine çekti. Evet, o karşılık verdiğim ve müdafaa ettiğim siperimden titreye titreye kaçtım. Gulyabani pencereye yanaş-

---

1 Mekkâre: Eşya taşımak için kiralanan at, deve, katır gibi yük hayvanları.

tı. Boyu tastamam köşkün üçüncü katına denk geliyordu. Homurdana homurdana elindeki müthiş asayı içeri soktu. Odanın içini bir karıştırdı. Çiçeklikteki ayna, bardaklar, tepsideki mumlar, daha birçok eşya şangır şungur döküldü. Ortalık hercümerç oldu. Yine mandalar gibi böğürerek:

— Hepinizi kuzu gibi bu sopaya geçirip, ağır ateşte çevire çevire orman kebabı yapacağım. Perilerime ziyafet çekeceğim...

İşte o zaman ben çıldırdım:

— Yamyamlar! Boğazınıza kor düşsün!
avazıyla odayı çınlatarak, ne yaptığımı bilmez bir saldırışla hemen atıldım, o müthiş sopaya iki elimle sımsıkı sarıldım. Gulyabani beni fırın küreği üzerindeki okkalık ekmek gibi dışarıya çekerken şöyle feryat ediyordum:

— Hasan'ın ruhu!.. Neredeysen kanatlarını aç, yetiş! İşte sana geliyorum, ruhum seninle göklere uçacak! Bu köpeklere yalnız cesedimi bırakacağım.

Bu beklenmedik cüretimden öteki kadınlara da cesaret geldi. İlk kurbanlık koyun dışarı, mezbahaya çekildikten sonra öldürülme sırasının kendilerine geleceğini bilen bu zavallılar, etraftaki dağları inletecek birer vaveyla ile yerlerinden fırlayarak var güçleriyle sırığın ucuna yapıştılar. Ruşen ağlaya ağlaya diyordu ki:

— Affet şahım, bu zavallı kadın delidir! Dün gece üzerlerine uğramış. Ne dediğini bilmiyor. Senin gibi bir âlimler âlimi böyle deli lakırdılarına bakar mı?

Gulyabani bu yalvarışlara hiç kulak asmayarak üçümüzü çapariye tutunmuş irili ufaklı salkım balık gibi çekiyordu. Hanımefendi bu tehlikeli vaziyete karşı başka bir çare düşündü. Sanki kadının damarlarında dolaşan cesur ve asil kan birdenbire galeyana gelmiş gibi sopanın ucunu bıraktı. Bir eline duvardan En'am-ı Şerif'i, diğerine koynundan çıkardığı ecdadından kalma Zülfikar isimli palayı aldıktan sonra:

— Bırak habis! Bırak koca melun! Allah hakkı için şimdi seni En'am-ı Şerif'le çarpar, Zülfikar'la murdar vücudunu iki parça ederim.

Ahu Baba bir kahkaha salıvererek:

— Deli karı sus! Gerçi sen kart bir maryasın, ama vücudun dolgundur. Etin güzelce kekiklenir, baharlanırsa yenebilir.

Bu müthiş oburun, bedbaht hanımefendinin etinin lezzeti hakkındaki boğaz düşkünü kararına karşı bizim için matem feryatlarından başka bir çare kalmadı. Çığlıkları gökyüzüne ulaştırırcasına hep birden bağırıyorduk.

XX
Gulyabaninin Mağlubiyeti ve Cübbenin Düşüşü

Kalfa ile abla, korkunun sebep olduğu dermansızlık ve baygınlık tesiriyle mi yoksa büryan sırığına geçirilme sıralarını biraz uzatmak için vakit kazanmak niyetiyle mi, günahları üzerlerinde kalsın, her nedense direğin ucunu gevşettiler. Ben kebaplık olarak şişte tek bir av gibi kaldım. Çekile çekile artık pencerenin kenarına gelmiştim. Yamyam Baba tam beni dışarıya alacağı anda şiddetli bir gümlemeyle bir silah patladı. Kurşun gulyabaninin koca kavuğuna yandan girip çıktı, köşkün kaplamasına saplandı. Sarıkta hafif bir duman peyda olduğunu gördüm. Ahu Baba şaşırdı, başını sağa sola çevirdi. Ay ışığının yansımasıyla gözleri pencere camı gibi parladı. Akabinde uzaktan bir ses:

— Melun, çekil pencerenin önünden, şimdi ikinci kurşunu beynine yiyeceksin! tehdidinde bulundu.

Bu beklenmedik, kurtuluş müjdecisi ses bana o kadar tatlı geldi ki tıpkı Hasan'ın sesine benzettim... Acaba Hasan karanlık kabrinden çıkarak, bütün melekleri imdadına toplayıp bizi kurtarmak için ahretten dünyaya mı gelmişti?

Gulyabani hışımla yardakçılarına doğru döndü:

— Etrafta düşman var! Uyuyor musunuz? diye bağırdı.

Tüylüler ağaçların altından meydana çıktılar.

Uzaktan gelen ses bu esnada yine tekrar etti:

— Habis, sana pencerenin önünden çekil diyorum!

Gulyabani kükreyerek:

— Devlerin padişahına emir vermeyi ben sana şimdi gösteririm...

Akabinde bir ikinci kurşun vızlayarak Ahu Baba'nın sol omzuna saplandı. O koca heyula, can acısıyla inleyerek:

— Of!.. Aman!.. diye acı acı feryat etti.

Ufak bir kurşun yarasından bu azman devin inlemesine, sızlanarak bağırmasına hayret ettim.

Fakat yerinden ayrılmadı. İnatçı bir kumandan cesaretiyle yanındakilere şu emri verdi:

— Kurşunlar soldan, kavakların arasından geliyor. Evvela ateş, sonra hücum!

Tüylüler o tarafa doğru gırıl gırıl tüfek boşalttılar. Sonra hücum ettiler.

Karşıdan mukabele olarak bir iki yaylım ateş edildi. Tüylülerden birkaçının sapır sapır yere döküldüklerini gördüm. Asıl hayret ettiğim husus bu çarpışmanın adeta bir insan muharebesi şeklinde cereyan etmesiydi. Bu cinler neden görünmeyen düşmanlarının maksadını, mahiyetini, gizlendikleri yeri kendilerine has olan gaipten haber alma gücüyle anlayamayarak yön tayinine uğraşıyorlardı? Özellikle, her ne tarafındansa, kendilerine karşı bu gece böyle bir pusu tertip edildiğini neden evvelce hissedememişler? Bunlara cayır cayır kurşun işlediğini görmek de hayretimden çok memnuniyetime sebep oldu.

Tüylülerden birkaçı yaralanıp, kim bilir belki de ölünce ötekilerde hücum cesareti kırıldı. Hep şaşaladılar.

Bu aralık çatır çatır bahçe kapıları kırıldı. "Allah Allah!" naralarıyla dışarıdan bir hücum oldu. Ellerinde tüfekler, meşalelerle büyük bir kalabalık bahçeye doldu. Bunlar hep köylü kıyafetindeydiler. Aralarında zaptiyeler de vardı. Bir saldırışta tüylüleri birer birer tutarak, ellerini arkalarından iplerle sıkı sıkı bağladılar.

Bu bağlı cin esirlerini ablukaya alarak meşalelerle etraflarında bir daire oluşturdular.

Gulyabani cenapları yaralı omzunu bir tarafa sarkıtarak, titremekten ayakta durmaya mecali kalmadığını gösterir dermansız, korku dolu bir vaziyetle koca belini binaya yasladı. Ağa düşmüş bir canavar gibi, kurtuluşundan ümidini kesmiş bakışlarla yardakçılarının bu acıklı mağlubiyet tablosunu seyrediyordu. Dikkatle yüzüne bakmak için yarı belime kadar pencereden sarktım. O müthiş gözlerinde aşağıda yanan meşalelerin parıl parıl akislerini görerek titremekten kendimi alamadım. Kalbime yine bir korku düştü... O kazananlar bu devle acaba nasıl baş edeceklerdi? İçimden, "Bu cani heyula, hangi hapishaneye kapatılır? Hangi idam meydanına sürüklenebilir? Saldıranlardan mutlaka beş onunu paralamadıkça bu hunhar mağlup olmaz!" diyordum. Bu zannım pek boş çıktı.

Ay ışığı ve meşalelerle aydınlanan dairenin ortasına bir delikanlı atıldı. Hasan'a benzettim. Bu hakikate inanamadım. Gözlerimi birkaç defa ovuşturarak dikkatle baktım.

Hasan! Evet o, şefkatli sevgilimdi.

Bu aldatıcı bir rüya da olsa, benim için gördüğüm her an dünyalar, cennetler değer uçsuz bucaksız bir saadetti.

Hasan o ışıktan dairenin ortasında durarak, hâlâ biriyle tüfeğini tutmakta olduğu iki elini havaya kaldırdı. O minare cüsseli, dehşetli hasmına sesini yükselterek dedi ki:

— Ey, bu şekil tüyle bürünmüş soysuz adam! Ortaya çık! Artık örtüyü kaldırma zamanı geldi. Birkaç masum zavallı kadını ölüm tehditleriyle bayılta bayılta yolunu bulmaya çalışan uzun alçak!

Gulyabani bir iki kere homurdandı. Hasan devamla:

— Hayat komedinin son feci dakikasına geldiğine hâlâ inanamıyor musun? Ev halkını çıldırtmaya uğraşırken yoksa şimdi sen mi delirdin?

Bu sözü akabinde Hasan ceylan gibi bir sıçradı. Yaradanına sığınarak elindeki tüfeğin dipçiğiyle gulyabaninin bacaklarına bir yerleştirdi. Koca heyula düşecek gibi iki yanına bir yalpa vurdu. Bu defa homurdanmayarak insan sedasına benzer bir sesle:

— Sopamı yere düşürdüm, onsuz yürüyemem.

— Eğil de al kerata!

— Eğilemem...

Hasan köylülere dönerek:

— Arkadaşlar! Vahşetinin ünü kaç senedir bütün civar köylerce duyulan Gulyabani Baba'nın aczini görüyor musunuz? Eğilip sopasını yerden almaya bile muktedir değil...

Hasan sırığı yerden alıp uzatarak:

— Al bakalım, haydi yürü. Ortaya çık yezit!

Ahu Baba adımlarının dengesini şaşırmaktan korkan bir cambaz ihtiyatıyla sırığına dayana dayana, ağır ağır ortaya yürüdü. Hasan bir kumanda daha verdi:

— Yüzünü köşke dön! Senelerden beri dehşetinden titreyen velinimetin hanımefendi, bu korkunç kisveye bürünen caninin kim olduğunu iyice görebilsin.

Gulyabani bu emre de derhal itaat ederek yüzünü köşke çevirdi. Hanımefendi, Kalfa, Ruşen, bu zavallı kadınlar, hâlâ gulyabaninin mağlubiyetine inanamayarak pencereden rahatça bakmaya korkuyorlardı.

Hasan — Hayatınızı her an tehdit eden facianın ne kadar eşsiz bir komediye dönüştüğünü görmek için dikkatli bakınız! ihtarıyla bizi çağırdı.

Hepimiz birer pencerenin önüne sıralandık. Hasan yine iri cüsseli düşmanına dönerek:

— Ey Gulyabani Baba Hazretleri! Bu müthiş vücudunu örten şu uzun cübbeyi sırtından at bakalım, altından ne çıkacak?

Gulyabaninin omuzlarına yakın bir tarafından, kürk cebi gibi iki yarıktan bir çift küçük insan eli çıktı. Aşağıdan yukarıdan birkaç düğme çözdü. Cübbe, o uzun vücuttan sıyrılarak yere düştü. Altından kırmızı yollu bir mintan çıktı.

Hasan — Lütfen mintanı da at bakalım.

Ahu Baba hemen aynı hareketle mintanından da soyundu. Meydana pamuklar, kırpıntılar, sargılarla dolu koca bir vücut ile dirseklerden yukarı kısımlarına iplerle tutturulmuş tahtadan iki uzun kol çıktı. Kalabalık arasında el şakırtıları, kahkahalar, yuhalar başladı.

Hasan — Şimdi sıra mübarek çakşırına geldi. Onu da sıyırıp at bakalım. Altında iç donun vardır ya?.. Kadınlara karşı mahcup olmayalım.

Gulyabani — Çakşırımı çözmeye elim yetişmez.

Hasan — Acayip! Vah bebecik, senin donunu dadın mı bağlar, lalan mı? Hakikaten bu kıyafet senin kendi başına yapabileceğin kolay bir şey değil... Sana bir giyindirici soyundurucu lazım. Çok masraflı hayat!

Kahkahalar ayyuka çıkıyordu. Bahçedeki merdiveni getirdiler. Birkaç kişi tuttu. Hasan yedi sekiz basamak çıkarak:

— Utanma! Bu akşam da çakşırını çözmek şerefi bana nasipmiş. Bu mühim hizmetimden dolayı ömrüm oldukça iftihar edeceğim.

Çakşır aşağı alındı. Aşırı uzunlukta tahtadan iki leylek bacağı göründü. Kahkahadan, el çırpmadan bahçe inliyordu. Hasan kalabalığa dönerek:

— Bu tahtadan bacakların adına Avrupalılar *échasse* diyorlarmış. Bunu kırlarda uzakları görmek için bazı çobanlar kullanır, cambazlar da bu yüksek ayaklarla hüner gösterirlermiş. Fakat zannetmem ki bunu bizim gulyabani cenaplarının düşündüğü şu şeytani şekilde kullanmak herhangi bir Avrupalının aklına gelmiş olsun. Ahu Babamız *échasse*'ların en uzunuyla yürümek maharetini kazanmış olduğundan dolayı Frenklerin de takdirine layık görülür fikrindeyim. Çünkü icat edildiği zamandan beri bu ayaklıkların böyle bir kötülüğe alet olacağına kimse ihtimal vermemiştir zannederim.

Hasan yine gulyabaniye dönerek:

— Aziz Babamız, şimdi sıra o hürmetli başına geldi. Onu da çıkar da içinde saklı olan asıl şeytanı şu halk doya doya seyrederek ibret alsın.

Ahu Baba yaralı omzunu zor kımıldatarak iki elini kaldırdı. O korkunç kafayı başından ağır bir tabla indirir gibi aldı, merdivende duran Hasan'a uzattı. Bu başlığın altından meydana otuz beş kırk yaşlarında, kara sakallı bir insan kafası çıktı. Her taraftan yükselen hayret nidalarının en kuvvetlisi penceredeki hanımefendiden geliyordu. Zavallı kadın avazı çıktığı kadar şöyle bağırıyordu:

— Bizim çiftlik kâhyası Zekeriya Efendi! İlahi, seni efendiler götürsün. Tüh nankör! Yediğin ekmek gözüne dizine dursun!

Bu isim büyük bir nefret ve şaşkınlıkla kalabalık içinde ağızdan ağıza dolaştı. Bu garip tezahür karşısında yarım aklını bütün bütün kaybetmek noktasına gelen Ruşen Abla haykırıyordu:

— Durun ayol, iyi bakayım. Bizim Zekeriya Efendi mi o? Aa, inanmam. Bu işte yine cinlerin bir dubarası var. Rabbim şerlerinden saklasın!

Eski gulyabani Zekeriya Efendi'nin o tahta, rahatsız bacakları söküldü. Bu da elleri arkasından bağlanarak diğer esir cinlerin arasına konuldu.

Halk, yerde duran o koca yapma kafanın etrafına toplanmış, fevkalade acayip bir hadise seyreder gibi bakıyordu. Kimi kavuğunu karıştırıyor, kimi sakalını çekiyor, kimi yerlere yuvarlanarak gülüyor, her biri bir şekilde şaşkınlıklarını gösteriyordu. Bu büyük karnaval başlığını kafasına geçirerek diğerlerini korkutmak için gulyabani vakarıyla etrafa saldırmak latifesinde bulunanlar da oldu.

Herkesin şaşkın ve alaycı bakışları önünde duran bu dev kafası iri bir küfeden yapılmaydı. Küfenin üzerine koca burunlu bir kılıf geçirilmiş, saç sakal takılmış, kavuk giydirilmişti. Hele gözler epey ustacaydı. İri iri yuvarlak camların üzerine gözbebekleri çizilmiş, çifte dürbün gibi içerden iki silindirle bunu başına geçirecek adamın görme kabiliyeti kolaylaştırılmış, asıl baş ile küfe arasında kalan boşluk pamuklarla beslenip doldurulmuştu.

Bu kafayı başlarına geçirenler ağırlığından şikâyetle Zekeriya Efendi'nin bu sıkleti uzun müddet tepesinde nasıl taşıyabildiğine şaşırıyorlardı.

Şimdi sıra tüylülerin cin kıyafetlerinden soyunmalarına geldi. Hasan bunlardan birini çekip ortaya getirerek ellerini çözdükten sonra:

— Soyun bakalım beyefendi, dedi.

Cin tereddüt etti. Hasan teklifini tekrarlayarak:

— Kürkünü çıkar canım. Hava o kadar soğuk değil. Korkma üşümezsin.

Cin, camdan gözlerle donatılmış koyun postundan başlığını çıkardı. İçinden saçlar taralı, nahif, zarif bir beyefendi çıktı. Hasan eliyle oradakilere beyi göstererek:

— Efendim, cinlerin serdarı, meşhur Hint perisi Şevki Beyefendi'yi takdim ederim! Güzel cura çalar. Ezberinde pek çok aşk şiiri vardır. Buraya gelen genç hizmetçi kadınları yatağına almakta daima birinciliği kazanan bir muvaffakiyet sahibi ve bütün bu cin alayının da tertipleyicisidir. Zayıflığına ve nezaketine bakmayınız, pek azılıdır. Dikkat ediniz kaçmasın!

Ellerini tekrar bağlayıp Şevki Bey'i bir kenara çektikten sonra Hasan diğer bir cini ortaya çekip başlığını çıkararak:

— Cinlerin başçavuşu Gamgam Hazretleri! İnsan ismi Bekir Ağa'dır. Yabandomuzu, manda, deve gibi hayvanların seslerini taklitte üzerine yoktur. Gece köşkün sofalarında domuzluğu tuttuğu vakit biçare kadınları dehşetlerinden tiril tiril titretir.

Teşhir meydanına bir ikincisini çekerek:

— Perilerle insanlar arasında elçilik hizmeti gören meşhur Samsam! Horoz gibi ötmekte, yumurtlayan tavukları taklit ederek gıdıklamakta bir benzeri daha yoktur.

Hasan devamla:

— Alınız efendim, bu üçüncüsü Yamyam Ağa! Asıl ismi Bayram. Yenilmek işkencesiyle tehdit edilen insanlara bu musallat olur. Şimdiye kadar kaç adam kıçı yemiş olduğunu bilemem, kendi rivayetine göre insanın kaba etinin köftesi lezzet ve nefislikte hiçbir hayvanın etiyle kıyaslanamazmış. Korkuttuğu insanlara öyle söylermiş. Şimdi bir kişnese yeni boşanmış bir aygır zannedersiniz. Hayvan mıdır insan mıdır fark edilmez.

Dördüncüsünü çağırarak:

— Bu da Zenne Agâh! Peri ortaoyununun en işvebaz kadın taklitçilerinden. Nazik ses ve cilvesine aldanarak geceleri rençperlerden kendisine gönül veren çok olmuştur.

Beşincisini davetle:

— Cinlerin onbaşısı Havhav Ağa! Asıl adı Zeynel. O kadar mükemmel havlar ki uluduğu vakit yedi köyün köpeğini buraya toplar. Biraz ulu bakayım köpoğlu köpek! Ağalar maharetini görsünler...

Zeynel çekingenlik gösterir. Hasan, ayısını döven bir hayvan terbiyecisi şiddetiyle tüfeğin dipçiğini kaldırarak:

— Ulu diyorum sana!

Havhav baştan başlayarak gittikçe tizleşen bir köpek sesiyle:

— Uv uvvv uvvvvvv... diye bir ulumaya girişir.

Civardan birkaç köpek mukabele ederek uv uv'larını göndermekte gecikmezler. Ortalığı bir kahkaha alır:

Hasan — Demedim mi ben size? Uzaktakiler buradakini bakınız ne çabuk işittiler.

Ruşen Abla pencereden bağırır:

— Niye gülüyorsunuz kuzum? Yine köpek uluyor. Bir uğursuzluk olacak...

Hasan sırayla izleyicilere Baykuş Ahmet'i, Ördek Mehmet'i, Kaz Ali'yi, Hindi Mustafa'yı öttürerek, gaklatarak, vaklatarak takdim etti. Ve özellikle Baykuş Ahmet'e dikkatleri çekerek:

— Bu melun, cinlerin ölüm kampanasıdır. İdamla tehditlerini kavak ağacında bunu üç defa öttürerek ilan ederler. Ey ahali! Burada asıl görülecek yer köşkün içidir. Burası bir meskenden ziyade bir hokkabaz sandığına benzer. Geliniz, sizi gezdireyim.

Halk meşalelerle hürredek Hasan'ın arkasına düşer. Hasan eski cinlerin muhafazasını babayiğit sekiz on kişiye havale ettikten sonra bunların içinden yalnız Ördek Mehmet'i beraber alır. Köşkün arka tarafında, birkaç ayak merdivenle inilir tek kanatlı küçük bir kapının önünde durarak:

— Perilerin giriş yeri işte burasıdır. Hane halkı burasını ebediyen kilitli, "netameli" bir kapı zanneder. Halbuki buranın bir sürü anahtarı vardır. Her biri bir cinde durur. Hatta bir tanesi de işte benim cebimdedir.

Anahtarı çıkarıp kapıyı açar. Dar yollardan, mermerliklerden yürüdükten sonra en evvel Muhsine'nin boş odasına girerler. Hasan, Ördek Mehmet'e bir işaret eder. Ördek odadan savuşurken halk kaçıyor sanarak yakasına yapışır.

Hasan — Bırakınız, kaçamaz. Ben gönderiyorum. O şimdi benim hokkabaz yardağımdır. Onsuz size bu evde hiçbir marifet gösteremem, der.

Ördek Mehmet kaybolduktan sonra Hasan yükün kapısını açıp bütün eşyayı boşaltarak:

— Geliniz, bu yükü inceleyiniz. Bakalım ne keşfedebileceksiniz?

Birkaç kişi yüke girer. Altını, üstünü, yanlarını dikkatle yokladıktan sonra:

— Her tarafı sağlam bir yük... cevabını verirler.

Hasan — Ben yüke girdikten iki dakika sonra kapısını açınız! diyerek yüke girip kanatlarını örter.

İki dakika geçince açarlar. İçeride kimseyi göremeyerek halk hayrete düşer. Yük kapılarını kaparlar. Kısa bir süre sonra açarlar. Hasan'ı yine içeride bulurlar. Şaşkınlıkları artar. Hasan hokkabazın yuvarlağı[1] gibi kâh gözden kaybolur, kâh meydana çıkar.

Hasan "Bu şaşkınlığınızı şimdi gideririm," vaadiyle yükün kapıya karşı gelen duvarına yavaşça vurur. Duvar bir dükkân kepengi gibi bütünüyle arkaya iner... Öte tarafta bu açıp kapamanın makinisti Ördek Mehmet görünür. Hasan ahalinin bir kısmını bu büyük duvarın öbür tarafına davet ederek bunun menteşeli, birkaç sürgülü, kol demirli, adeta gizli bir kapı olduğunu gösterir. Gayet sağlam kapandığı için bir kere kapatılıp bu sürgüler, kollar yerleştirildikten sonra yükün içinden bu duvar ne kadar zorlansa açılmayacağını ve bir perinin yalnız başına gece kapağı açarak işini gördükten sonra tekrar kapayıp gidebileceğini anlatır. Bu gizli kapının öbür tarafı daima kilitli duran bir oda olduğunu gösterir. Hanımefendinin yüküyle daha birkaç yük ve dolabın bu tertipte bulunduğunu söyler...

---

1 Hokkabazın ters çevrili üç kabın (hokkanın) içine yerleştirdiği yuvarlaklarla oynadığı hokka oyununda kimi zaman altı boş gösterilen hokkanın içinden yuvarlak çıkar, bazen de dolu olması beklenen hokka açılınca boş gösterilir. (Ayrıca bkz. Metin And, *Türk Tiyatro Tarihi: Başlangıcından 1983'e*, İletişim Yayınları.)

Oradan çıkarlar. Hasan yine bir işaret edince Ördek kaybolur. Üst katta büyük bir odaya girerler. Oraya buraya bakılırken, "Duvara yaslanma... Üzerime basma... Şimdi seni çarparım!" nidasıyla gaipten bir ses gelir, herkesi yine hayrete düşürür.

Tavandan, kerevetin önlerinden, ördek vakvakaları işitilir.

Hasan izah ederek:

— Bu odanın muhtelif noktalarında ufak ufak gizli delikler vardır. Bu delikler uzun marpuç borularla aşağıdaki odaya bağlıdır. Bu marpuçların uçları, anahtarları cinlerde bulunan daima kilitli dolapların içindedir. Bu uçlardan her ne türlü ses verilirse bağlı odalarda tavanlardan, duvarlardan, kerevetlerden geliyor gibi gayet yakından işitilir. Hanımefendinin odası bu şekilde donatılmıştır.

Hasan odanın iki yanına boydan boya mıhlanmış parmaklıklı ve merdiven küpeştesine benzer iki direk göstererek:

— Bu tertibatın bir aynı da tavan arasında vardır. Bunlar zelzele aletidir. Cinler hanımefendinin odasında deprem olmasını istedikleri zaman bu sırıklara yapışıp daireyi şiddetle sallarlar.

Yine bahçeye çıkarlar. Hasan halka hitaben:

— Şimdi size bu hokkabazlıkların, bu cin peri oyunlarının, bu entrikaların sebebini ve aslını anlatacağım. Bizim hanımefendi gayet zengin bir kadındır. Fakat israftan hoşlanmaz. Bu zavallının Şevki ve Salim isminde yere batası, müsrif, çapkın iki yeğeni vardır. Bu beyler her zaman köşkte bulunmazlar. Aşırı müptelası oldukları sefahatle meşguldürler. Tuhaf hal! Pek mühim bir sebepten olmalı ki biri burada olduğu zaman diğeri mutlak İstanbul'da kalır. Bu gece köşkte yalnız Şevki Bey bulunuyor. İkisinin yokluğunda buradaki cin dolabını kâhya gulyabani Zekeriya Efendi gül gibi çevirir, eksikliklerini belli etmez. Bu ahlaksızların halalarından para sızdırmak için başvurmadıkları çare kalmadı. Kendi arzularınca para sızdırmaya bir türlü muvaffak olamadılar. Birçok canice teşebbüsler arasında sonunda amaçlarını gerçekleştirmeye bir yol buldular. Bu da kadının ismini deliye

çıkarıp mallarının idaresi için kendilerini vasi tayin ettirmek, bütün işleri ellerine almak olan hainlik yoluydu.
Bu köşkte şu gördüğünüz şekilde hokkabazlık tertibatında bulunduktan sonra, çıldırdı diye kadını buraya attılar. Hanımda cinnetten eser yoktu. Fakat bu yalnız köşkte geceleri gulyabaniler ortaya çıkar, duvarlardan tavanlardan türlü acayip sesler, her dakika ölüm tehditleri işitilirse hangi sağlam insanın aklı zıvanasından çıkmaz? Kim çıldırmaz? Hanımefendi yine pek büyük bir zihni dayanıklılığa sahipmiş ki umdukları kadar zırdeli kesilmedi. Arada bir hanımefendinin akıl durumunu muayene için buraya kapı adamlarından tabiplerden mürekkep bir inceleme heyeti gelir. "Nasılsınız?" yolunda sorulan suallere karşı biçare kadın, cinlerin, perilerin o haince ve garip tacizlerinden, görünen gulyabaninin minare kadar boyundan, cam gibi parlayan korkunç gözlerinden, bilmem kaç endaze beyaz sakalından bahseder. Bu tabiatüstü varlıklar ve saçmaya benzeyen itiraflarından dolayı inceleme heyeti hanımın şuurunun henüz düzelmemiş olduğunu anlayarak dönerler.
Geceleri cinler hanımın odasında o marpuçlar vasıtasıyla "Havuçları tepe aşağıya diken bahçıvanların cezalandırıldıkları" gibi öyle saçma konuşmalarda bulunurlar ki bunları senelerce dinleyip de bozmamak mümkün değil. Bununla yetinmeyerek inceleme heyeti geldiği vakit tekrarlaması ısrarla tembih edilerek kadına, "Erkek kel kör kirpinin yırtık kürkünü..." türünden çetrefil sözleri ders olarak çalıştırırlar. Bunları ölüm tehdidiyle ezberletirler. Zavallıyı ayda bir kere imtihana çekerler. Şuurunun cidden bozulup bozulmadığını anlamak için bu imtihanlar ustaca bir şekilde hazırlanır. Kadın ekseriya akıl ve zekâsını ortaya koyar. Hizmetçilerden delirenler bulunup bulunmadığını anlamak için onları da imtihandan geçirirler. Hanımefendiye olan bu işkencelerini zavallıya "gara goro" diye bir cin lisanını öğretmeye kadar vardırmışlardır.
Ben şehirliyim. Okuyup yazmam vardır. Biliyorsunuz ki kır havası almak için arada bir köyünüzde bulunan dayımın yanına misafir gelirdim. Köyünüzü pek sevdim. Kardeşlerim-

le beraber yerlisi gibi olduk. Öyle her peri, cin, gulyabani masallarına pek inanmam. Bu köşkün şu civardaki garip söylentileri merakımı çekti. Hakikati anlamak için çiftlik kâhyasına kendimi bir köylü gibi tanıtarak bir iş aradım. Rençper olarak buraya kabul olundum. Açıkgözlülük ve çalışkanlığımdan memnun oldular. Yavaş yavaş itimatlarını kazandım. Beni de bu cin alayı kişileri arasında dahil ettiler. Bu zalimce esrar perdesinin içine ben de girdim. Ben bu garip hizmete dahil olmadan evvel burada iki hizmetçi kadının boğulduğundan bahsediliyor. Buna dair kesin malumatım yoktur. Elbette bu tarafı tahkikatta meydana çıkar. Burada bulunduğum şu son zamanlarda köşke Muhsine isminde genç, güzel bir hizmetçi getirildi. Gelen genç hizmetçi kadınları evvela beyler odalık yaptıktan sonra, fedakârlık ve ketumluklarına mükâfat olarak rütbelerine göre öteki cinlere bağışlarlarmış. Evet, ev âdeti böyleymiş. Zaten hanımefendiyi kurtarmak hususu kalbimde yer etmişti. Bunun için kafamda planlar hazırlamakla meşguldüm. Fakat ondan evvel masum hizmetçinin kurtulması için acele etmek gerekti. Gece bir cin gibi odasına girdim. Görüştük. İffetli olup olmadığına baktım. Maksadıma uygun geldi. Sonra gündüz de insan şeklinde görüştüm. Delikanlıyım, ayıp değil ya, Muhsine'yi pek sevdim. Aşkımı ilan ederek izdivaç teklifinde bulundum. Kabul etti. Kendisine bazı talimatta bulunmak için ertesi gece yine odasına gittim. Ben oradayken Hint perisi namıyla Şevki Bey geldi. Kadını müdafaa etmek için dalaştım. Kendisini tepeleyeceğim esnada ıslık öttürdü. Yükten dört tüylü çıktı. Onlarla da tekme yumruk hayli uğraştım. Nihayet karga tulumba ederek beni dışarı çıkardılar. Bahçenin münasip bir yerine gelir gelmez öteki tüylülerin bu berikilere katılmasına meydan bırakmadan bir silkindim. Ellerinden kurtuldum. Kuşağımın arasında silahlarım vardı. Bir elime kamayı, diğerine tabancayı aldım. Zaten Şevki Bey ne olacak, muhallebi çocuğu! O bir kenara çekildi. O tüylü kıyafet altındaki dört sahte cinin ne ayarda adam olduklarını zaten biliyordum. Gayet seri bir hareketle bunlara hafif bir iki kama ucu oynadım, tabanca boşalttım. Şaşırdılar. Bahçenin girintisini çıkıntısını zaten ben onlardan iyi biliyordum. Koştum. Duvar kenarındaki ağaçların birine tırmanınca öte tarafa atladım. Allah selamet vere kapağı köye attım. Firarımdan sonra onların ne türlü hazırlıklar yapacaklarını ve ne lanet işler çevireceklerini keşfetmek bence güç bir şey değildi. Beni ölmüş gösterip Muhsine'yi korkutmak için sabaha karşı baykuşlar öttüreceklerini biliyordum. Bu gece de gulyabaninin çıkma sırasıydı. Böyle bir baskını hatır ve hayallerine getiremeyecekleri için bu gece alçakça âdetlerine devam edeceklerinden emindim. Köyde size hakikati açtım. Hak yoluna hepiniz silahlandınız. Cin peri namına bu köşkte yapılan zulüm ve kötülüğün içyüzünü hepinizin nefret dolu şaşkın bakışları önünde meydana koyarak yardımınızla işte elhamdülillah muvaffak oldum.

Bütün köylüler bu cin bozgunu haydutların önünden her birinin yüzüne ayrı ayrı tükürerek bir resmigeçit yaparlar.

Hanımefendi pencereden sevinçle bağırdı:

— Hasan evladım! Bu kahramanlığından dolayı varımı yoğumu sana bahşetsem azdır. Dile benden ne dilersen!

Hasan — Evvela sağlığınızı, sonra Muhsine'yi...

***

Caniler hükümete teslim edildi. Hasan'ın kahramanlık şöhretini duyan bütün civar köylerin iştirakiyle çiftlikte üç gün üç gece müthiş bir düğün kuruldu. Biz Hasan'la muradımıza erdik. Ruşen Abla ile Çeşmifelek Kalfa'yı da mükemmel çeyizleyip çemenleyerek birer kocaya verdik.

Hasan o büyük serveti idare işini tamamıyla eline aldı. Vefatına kadar hanımefendiyi bırakmadık. Kadın ahir ömründe bollukla, büyük bir güven ve rahatla yaşadı. Perilerin tacizlerinden tamamıyla kurtulan o köşkte ne kuzular, ne dolmalar, ne helvalar yedik... Ne eğlenceler, ne ziyafetler, ne cümbüşler yaptık.

Hainler cezalarını çektiler. Hanımefendi bize pek çok mal bıraktı. Allah gani gani rahmet eylesin, nurlar içinde yatsın. Hâlâ sayesinde geçiniyoruz.

Ha, az kalsın unutuyordum. Hasan güvey girdiği gece kendisine şunu sordum:

— Bu çiftlikte dönen cin, peri dolabı birtakım melunların maskaralıklarından ibaretmiş de sen beni, "Geceleri odama perin geliyor. Karşımda anadan doğma soyunuyor" diye niye aldattın, utandırdın?.. Bu senin mertliğine yaraşır mıydı?

Hasan tatlı bir tebessümle:

— Aşkımıza cin uydurmaları, peri hayaletleri karıştırılmasaydı, muhabbetimiz bu kadar olağanüstü bir şiddette olur muydu? Bu küçük ve masum hilelerimden dolayı beni mazur gör...

— Peki, buna cevabı pek güzel uydurdun. Fakat merak ettiğim bir şey daha var...

— Nedir iki gözüm, söyle...

— Bir peri gibi yükümün içinden çıktığın akşam, yanıma gelebilmek için "Üzerinden muskanı çıkar!" diye bana niye yalvardın? Üstümde muskam varken odaya gelemez miydin?

Hasan gevrek gevrek gülerek boynuma atılıp beni ateşli buselerine boğduktan sonra şu cevabı verdi:

— O akşam benden çok hoşlandığını gözlerinden anlamıştım. Bakalım Muhsine beğendiği bu güzel peri delikanlısının âşıkane yalvarışlarına dayanamayarak muskayı üzerinden çıkaracak mı merakıyla seni denemek istedim. Maksadım iffetini anlamaktı. Seni çelik gibi namuslu buldum. Memnun oldum.

***

Muhsine Hanım yorgunluk almak için başını duvara dayayarak:

— Yavrularım, söylemekten boğazım kurudu. Çiçeklikte duran şu bozamı veriniz.

Bu hizmete bir oda halkı hep koşuştu.

Aheste aheste, yudum yudum bozasını içti. Sonra besbelli o perili gecelerin müthiş ve ruhu okşayan hatıraları zihninde canlandı. Derin derin sahiden gençlikteki işvelerini hatırlar bir kırıtmayla sürmeli gözlerini süzerek devam etti:

— Zevcim bu Hacı Hasan Efendi, hikâyedeki işte o güzel kahraman Hasan'dır. Onun sakalı, benim saçlarım ağardı. Daha birbirimize doyamadık. Bu yaştaki süs, itina merakımdan dolayı beni ayıplamayınız. Hep onun içindir. Hâlâ ilk gecemizdeki gibi birbirimize ateşliyiz. Hacım nerede kaldı ya?.. Bu vakit oldu daha gelmedi.

***

Nihayet Hacı Hasan Efendi sevgili zevcesini almaya gelerek elinde feneriyle kapıdan bağırdı:

— Hanım!..

Muhsine Hanım bu hitaba gayet tatlı bir:

— A canım...

ile cevap verdikten sonra o ağır vücutlu kadın, kendini merdivenlerden aşağıya atarcasına bir hücumla koştu.

Yaşlanmakla sona ermeyen bu benzersiz, bu ateşli aşka gıpta eden bütün komşu hanımlar o gece dinledikleri müthiş hikâyenin eşsiz kahramanı şehirli güzel Hasan'ı görebilmek için pencerelere üşüştüler.

***

O tarihte zavallı ben, ufak bir çocuktum. Senelerin peş peşe geçişine ilk şiddetiyle karşı koyan bir karı koca sevgisinin ne demek olacağına hiç aklım ermiyordu. Yalnız şu hatırımda kaldı: Döşeğime girdiğimde büyükannem bana her zaman,

Yattım sağıma
Döndüm soluma
Melekler şahit olsun
Dinime imanıma
Kalırsam elhamdülillah
Ölürsem elhükmülillah

diye teselli ve tevekkül duasından sonra, "Rabbi Yessir" duasını da üç defa tekrar ettiği halde, ben Samsam'ın "gara garun" larıyla gulyabaninin uzun sakalını bir türlü unutamamıştım.

Sarıyer, Ortaçeşme
27 Eylül 1911

"Gulyabani"*nin 1912'deki kapak görseli. Asada Gulyabani, üstte Hüseyin Rahmi, altta Naşiri (yayıncısı) İbrahim Hilmi yazmaktadır.*